KB000619

메밀꽃 필 무렵

● 메밀꽃 필 무렵 : 개정된 고등학교 국어 교과서 게재 작품

맑은창 문학선 ⑥

메밀꽃 필 무렵

찍은날 ┃ 2011년 12월 1일
펴낸날 ┃ 2011년 12월 9일

지은이 ┃ 이 효 석
작품해설 ┃ 손 재 우
펴낸이 ┃ 조 명 숙
펴낸곳 ┃ 도서출판 **맑은창**
등록번호 ┃ 제16-2083호
등록일자 ┃ 2000년 1월 17일

주소 ┃ 서울 · 금천구 가산동 771 두산 112-502
전화 ┃ (02) 851-9511
팩스 ┃ (02) 852-9511
전자우편 ┃ hannae21@korea.com

ISBN 978-89-86607-84-0 03810

값 7,000원

• 잘못된 책은 바꾸어드립니다.

메밀꽃 필 무렵

이효석 지음

도서출판 맑은창

차 례

메밀꽃 필 무렵

여름장이란 애시당초에 글러서, 해는 아직 중천에
있건만 장판은 벌써 쓸쓸하고 더운 햇발이
벌려 놓은 전 휘장 밑으로 등줄기를 훅훅 볶는다.
마을 사람들은 거지반 돌아간 뒤요, 팔리지 못한
나무꾼 패가 길거리에 궁싯거리고들 있으나
석유병이나 받고 고깃마리나 사면 족할
이 축들을 바라고 언제까지든지 버티고 있을
법은 없다.

메밀꽃 필 무렵

　여름장이란 애시당초[1]에 글러서, 해는 아직 중천에 있건만 장판은 벌써 쓸쓸하고 더운 햇발이 벌려 놓은 전[2] 휘장 밑으로 등줄기를 훅훅 볶는다. 마을 사람들은 거지반 돌아간 뒤요, 팔리지 못한 나무꾼 패가 길거리에 궁싯거리고들[3] 있으나 석유병이나 받고 고깃마리나 사면 족할 이 축들을 바라고 언제까지든지 버티고 있을 법은 없다. 춥춥스럽게[4] 날아드는 파리 떼도 장난꾼 각다귀들도 귀치않다. 얼금뱅이[5]요 왼손잡이인 드팀전[6]의 허 생원은 기어코 동업의 조 선달을 나꾸어 보았다.

　"그만 걷을까?"

"잘 생각했네. 봉평장에서 한 번이나 흐뭇하게 사[7] 본 일 있었을까. 내일 대화 장에서나 한몫 벌어야겠네."

"오늘 밤은 밤을 새서 걸어야 될걸."

"달이 뜨렸다."

절렁절렁 소리를 내며 조 선달이 그 날 산 돈을 따지는 것을 보고 허 생원은 말뚝에서 넓은 휘장을 걷고 벌여 놓았던 물건을 거두기 시작하였다. 무명 필[8]과 주단 바리[9]가 두 고리짝에 꼭 찼다. 멍석 위에는 천 조각이 어수선하게 남았다.

다른 축들도 벌써 거진[10] 전들을 걷고 있었다. 약빠르게[11] 떠나는 패도 있었다. 어물장수도 땜장이도 엿장수도 생강장수도 꼴들이 보이지 않았다.

내일은 진부와 대화에 장이 선다. 축들은 그 어느 쪽으로든지 밤을 새며 육칠십 리 밤길을 타박거리지 않으면 안 된다.

장판은 잔치 뒷마당같이 어수선하게 벌어지고 술집에서는 싸움이 터져 있었다. 주정꾼 욕지거리에 섞여 계집의 앙칼진 목소리가 찢어졌다. 장날 저녁은 정해 놓고 계집의 고함소리로 시작되는 것이다.

"생원, 시침을 떼두 다 아네 …… 충줏집 말이야."

계집 목소리로 문득 생각난 듯이 조 선달은 비죽이 웃는다.

"화중지병[12]이지. 연소패[13]들을 적수로 하구야 대거리가 돼야 말이지."

"그렇지두 않을걸. 축들이 사족을 못 쓰는 것두 사실은 사실이나, 아무리 그렇다곤 해두 왜 그 동이 말일세, 감쪽같이 충줏집을 후린 눈치거든."

"무어 그 애숭이가? 물건 가지고 낚았나 부지. 착실한 녀석인 줄 알았더니."

"그 길만은 알 수 있나……. 궁리 말구 가보세나그려. 내 한턱 씀세."

그다지 마음이 당기지 않는 것을 좇아갔다. 허 생원은 계집과는 연분이 멀었다. 얼금뱅이상판을 쳐들고 대어 설 숫기도 없었으나 계집 편에서 정을 보낸 적도 없었고, 쓸쓸하고 뒤틀린 반생이었다.

충줏집을 생각만 하여도 철없이 얼굴이 붉어지고, 발 밑이 떨리고 그 자리에 소스라쳐 버린다.

충줏집 문을 들어서 술좌석에서 짜장[14] 동이를 만났을 때에는 어찌 된 서슬엔지 발끈 화가 나 버렸다. 상 위에 붉은 얼굴을 쳐들고 제법 계집과 농탕치는 것을 보고서야 견딜 수 없었던 것이다.

녀석이 제법 난질꾼[15]인데 꼴사납다. 머리에 피도 안 마른 녀석이 낮부터 술 처먹고 계집과 농탕이야. 장돌뱅이 망신만 시키고 돌아다니누나. 그 꼴에 우리들과 한몫 보자는 셈이지. 동이 앞에 막아서면서부터 책망이었다. 걱정두 팔자요, 하는 듯이 빤히 쳐다보는 상기된 눈망울에 부딪칠 때, 결김에[16] 따귀를 하나 갈겨 주지 않고는 배길 수 없었다.

동이도 화를 쓰고 팩하게 일어서기는 하였으나, 허 생원은 조금도 동색하는 법 없이 마음먹은 대로는 다 지껄였다 — 어디서 주워 먹은 선머슴인지는 모르겠으나, 네게도 아비 어미 있겠지. 그 사나운 꼴 보면 맘 좋겠다. 장사란 탐탁하게 해야 되지, 계집이 다 무어야, 나가거라, 냉큼 꼴 치워.

그러나 한마디도 대거리하지 않고 하염없이 나가는 꼴을 보려니 도리어 측은히 여겨졌다. 아직도 서름서름한[17] 사인데 너무 과하지 않았을까 하고 마음이 섬뜩해졌다.

주제도 넘지, 같은 술손님이면서도 아무리 젊다고 자식 낳게 되는 것을 붙들고 치고 닦아 세울 것은 무어야, 원. 충줏집은 입술을 쫑긋하고 술 붓는 솜씨도 거칠었으나, 젊은 애들한테는 그것이 약이 된다나 하고 그 자리는 조 선달이 얼버무려 넘겼다. 너, 녀석한테 반했지? 애숭이를 빨면 죄 된다.

한참 법석을 친 후이다. 담도 생긴 데다가 웬일인지 흠뻑 취해 보고 싶은 생각도 있어서 허 생원은 주는 술잔이면 거의 다 들이켰다. 거나해짐을 따라 계집 생각보다도 동이의 뒷일이 한결같이 궁금해졌다.

내 꼴에 계집을 가로채서는 어쩔 작정이었누, 하고 어리석은 꼬락서니를 모질게 책망하는 마음도 한편에 있었다. 그렇기 때문에 얼마나 지난 뒤인지 동이가 헐레벌떡거리며 황급히 부르러 왔을 때에는, 마시던 잔을 그 자리에 던지고 정신없이 허덕이며 충줏집을 뛰어나간 것이었다.

"생원 당나귀가 바[18]를 끊구 야단이에요."

"각다귀[19]들 장난이지, 필연코."

짐승도 짐승이려니와 동이의 마음씨가 가슴을 울렸다. 뒤를 따라 장판을 달음질하려니 거슴츠레한 눈이 뜨거워질 것 같다.

"부락스런 녀석들이라 어쩌는 수 있어야죠."

"나귀를 몹시 구는 녀석들은 그냥 두지 않는걸."

반평생을 같이 지내 온 짐승이었다. 같은 주막에서 잠자고, 같은 달빛에 젖으면서 장에서 장으로 걸어다니는 동안에 이십 년의 세월이 사람과 짐승을 함께 늙게 하였다. 가스러진[20] 목 뒤 털은 주인의 머리털과도 같이 바스러지고, 개진개진[21] 젖은 눈은 주인의 눈과 같이 눈곱을 흘렸다. 몽당비처럼 짧게 쓸리운 꼬리는, 파리를 쫓으려고 기껏 휘저어 보아야 벌써 다리까지는 닿지 않았다. 닳아 없어진 굽을 몇 번이나 도려내고 새 철을 신겼는지 모른다. 굽은 벌써 더 자라나기는 틀렸고, 닳아 버린 철 사이로는 피가 빼짓이 흘렀다. 냄새만 맡고도 주인을 분간하였다. 호소하는 목소리로 야단스럽게 울며 반겨한다.

어린아이를 달래듯이 목덜미를 어루만져 주니 나귀는 코를 벌름거리고 입을 투르르거렸다. 콧물이 튀었다. 허 생원은 짐승 때문에 속도 무던히는 썩었다. 아이들의 장난이 심한 눈치여서 땀 밴 몸뚱어리가 부들부들 떨리고 좀체 홍분이 식지 않는 모양이었다. 굴레가 벗어지고 안장도 떨어졌다.

요 몹쓸 자식들, 하고 허 생원은 호령을 하였으나 패들은 벌써 줄행랑을 논 뒤요 몇 남지 않은 아이들이 호령에 놀라 비슬비슬 멀어졌다.

"우리들 장난이 아니우. 암놈을 보고 저 혼자 발광이지."

코흘리개 한 녀석이 멀리서 소리를 쳤다.

"고 녀석 말투가……."

"김 첨지 당나귀가 가 버리니까 왼통 흙을 차고 거품을 흘리면서 미친 소같이 날뛰는걸. 꼴이 우스워 우리는 보고만 있었다우. 배를 좀 보지."

아이는 앵돌아진²²⁾ 투로 소리를 치며 깔깔 웃었다.

허 생원은 모르는 결에 낯이 뜨거워졌다. 뭇 시선을 막으려고 그는 짐승의 배 앞을 가리워 서지 않으면 안 되었다.

"늙은 주제에 암샘을 내는 셈야, 저놈의 짐승이."

아이의 웃음소리에 허 생원은 주춤하면서 기어코 견딜 수 없어 채찍을 들더니 아이를 쫓았다.

"쫓으려거든 쫓아보지. 왼손잡이가 사람을 때려."

줄달음에 달아나는 각다귀에게는 당하는 재주가 없었다. 왼손잡이는 아이 하나도 후릴 수 없다.

그만 채찍을 던졌다. 술기도 돌아 몸이 유난스럽게 화끈거렸다.

"그만 떠나세. 녀석들과 어울리다가는 한이 없어. 장판의 각다귀들이란 어른보다도 더 무서운 것들인걸."

조 선달과 동이는 각각 제 나귀에 안장을 얹고 짐을 싣기 시작하였다. 해가 꽤 많이 기울어진 모양이었다.

드팀전 장돌이를 시작한 지 이십 년이나 되어도 허 생원은 봉평장을 빼 논 적은 드물었다. 충주, 제천 등의 이웃 군에도 가고, 멀리 영남지방도 헤매기는 하였으나 강릉쯤에 물건 하러 가는 외에는 처음부터 끝까지 군내를 돌아다녔다. 닷새만큼씩의 장날에는 달보다도 확실하게 면에서 면으로 건너간다. 고향이 청주라고 자랑삼아 말하였으나 고향에 돌보러 간 일도 있는 것 같지는 않았다. 장에서 장으로 가는 길의 아름다운 강산이 그대로 그에게는 그리운 고향이었다. 반날 동안이나 뚜벅뚜벅 걷고 장터 있는 마을에 거지반 가까웠을 때, 거친 나귀가 한바탕 우렁차게 울면 ― 더구나 그것이 저녁녘이어서 등불들이 어둠 속에 깜박거릴 무렵이면 늘 당하는 것이건만 허 생원은 변치 않고 언제든지 가슴이 뛰놀았다.

젊은 시절에는 알뜰하게 벌어 돈푼이나 모아 본 적도 있기는 있었으나, 읍내에 백중[23]이 열린 해 호탕스럽게 놀고 투전을 하고 하여 사흘 동안에 다 털어 버렸다. 나귀까지 팔게 된 판이었으나 애끓는 정분에 그것만은 이를 물고 단념하였다.

결국 도로아미타불로 장돌이를 다시 시작할 수밖에는 없었다. 짐승을 데리고 읍내를 도망해 나왔을 때에는 너를 팔지 않기 다행이었다고 길가에서 울면서 짐승의 등을 어루만졌던 것이다.

빚을 지기 시작하니 재산을 모을 염[24]은 당초에 틀리고 간신히 입에 풀칠을 하러 장에서 장으로 돌아다니게 되었다.

호탕스럽게 놀았다고는 하여도 계집 하나 후려 보지는 못하였다. 계집이란 쌀쌀하고 매정한 것이었다. 평생 인연이 없는 것이라고 신세가 서글퍼졌다. 일신에 가까운 것이라고는 언제나 변함없는 한 필의 당나귀였다.

그렇다고는 하여도 꼭 한 번의 첫 일을 잊을 수는 없었다. 뒤

에도 처음에도 없는 단 한 번의 괴이한 인연! 봉평에 다니기 시작한 젊은 시절의 일이었으나 그것을 생각할 적만은 그도 산 보람을 느꼈다.

"달밤이었으나 어떻게 해서 그렇게 됐는지 지금 생각해도 도무지 알 수 없어."

허 생원은 오늘 밤도 또 그 이야기를 끄집어내려는 것이다. 조선달은 친구가 된 이래 귀에 못이 박히도록 들어왔다. 그렇다고 싫증을 낼 수도 없었으나 허 생원은 시침을 떼고 되풀이할 대로는 되풀이하고야 말았다.

"달밤에는 그런 이야기가 격에 맞거든."

조 선달 편을 바라는 보았으나 물론 미안해서가 아니라 달빛에 감동하여서였다. 이지러는 졌으나 보름을 가제 지난 달은 부드러운 빛을 흐뭇이 흘리고 있다.

대화까지는 칠십 리의 밤길, 고개를 둘이나 넘고 개울을 하나 건너고 벌판과 산길을 걸어야 된다. 달은 지금 긴 산허리에 걸려 있다. 밤중을 지난 무렵인지 죽은 듯이 고요한 속에서 짐승 같은 달의 숨소리가 손에 잡힐 듯이 들리며, 콩 포기와 옥수수 잎새가 한층 달에 푸르게 젖었다.

산허리는 온통 메밀밭이어서 피기 시작한 꽃이 소금을 뿌린 듯이 흐뭇한 달빛에 숨이 막힐 지경이다. 붉은 대궁이 향기같이 애잔하고 나귀들의 걸음도 시원하다. 길이 좁은 까닭에 세 사람은 나귀를 타고 외줄로 늘어섰다. 방울 소리가 시원스럽게 딸랑딸랑 메밀밭께로 흘러간다. 앞장선 허 생원의 이야기 소리는 꽁

무늬에 선 동이에게는 확적히는 안 들렸으나, 그는 그대로 개운한 제 멋에 적적하지는 않았다.

"장 선 꼭 이런 날 밤이었네. 객줏집 토방이란 무더워서 잠이 들어야지. 밤중은 돼서 혼자 일어나 개울가에 목욕하러 나갔지. 봉평은 지금이나 그제나 마찬가지지. 보이는 곳마다 메밀밭이어서 개울가가 어디 없이 하얀 꽃이야. 돌밭에 벗어도 좋을 것을, 달이 너무도 밝은 까닭에 옷을 벗으러 물방앗간으로 들어가지 않았나. 이상한 일도 많지. 거기서 난데없는 성 서방네 처녀와 마주쳤단 말이네. 봉평서야 제일가는 일색이었지."

"팔자에 있었나 부지."

"아무렴."

하고 응답하면서 말머리를 아끼는 듯이 한참이나 담배를 빨 뿐이었다. 구수한 자줏빛 연기가 밤기운 속에 흘러서는 녹았다.

"날 기다린 것은 아니었으나 그렇다고 달리 기다리는 놈팽이가 있는 것두 아니었네. 처녀는 울고 있단 말야. 짐작은 대고 있으나 성 서방네는 한창 어려워서 들고날 판인 때였지. 한집안 일이니 딸에겐들 걱정이 없을 리 있겠나. 좋은 데만 있으면 시집도 보내련만 시집은 죽어도 싫다지…… 그러나 처녀란 울 때같이 정을 끄는 때가 있을까. 처음에는 놀라기도 한 눈치였으나 걱정 있을 때는 누그러지기도 쉬운 듯해서 이럭저럭 이야기가 되었네…… 생각하면 무섭고도 기막힌 밤이었어."

"제천인지로 줄행랑을 놓은 건 그 다음날이렸다."

"다음 장도막²⁵⁾에는 벌써 온 집안이 사라진 뒤였네. 장판은 소문에 발끈 뒤집혀 고작해야 술집에 팔려가기가 상수[26]라고 처녀의 뒷공론이 자자들 하단 말이야. 제천 장판을 몇 번이나 뒤졌겠나. 허나 처녀의 꼴은 꿩 궈 먹은 자리야. 첫날밤이 마지막 밤이었지. 그때부터 봉평이 마음에 든 것이 반평생을 두고 다니게 되었네. 반평생인들 잊을 수 있겠나."

"수 좋았지. 그렇게 신통한 일이란 쉽지 않어. 항용[27] 못난 것 얻어 새끼 낳고, 걱정 늘고 생각만 해두 진저리나지……. 그러나 늘그막바지까지 장돌뱅이로 지내기도 힘드는 노릇 아닌가. 난 가을까지만 하구 이 생애와두 하직하려네. 대화쯤에 조그만 전방이나 하나 벌이구 식구들을 부르겠어. 사시장철 뚜벅뚜벅 걷기란 여간이래야지."

"옛 처녀나 만나면 같이나 살까……. 난 거꾸러질 때까지 이 길 걷고 저 달 볼 테야."

산길을 벗어나니 큰길로 틔어졌다. 꽁무니의 동이도 앞으로 나서 나귀들은 가로 늘어섰다.

"총각두 젊겠다, 지금이 한창 시절이렷다. 충줏집에서는 그만 실수를 해서 그 꼴이 되었으나 섧게 생각 말게."

"처, 천만에요. 되려 부끄러워요. 계집이란 지금 웬 제격인가요. 자나깨나 어머니 생각뿐인데요."

허 생원의 이야기로 실심해[28] 한 끝이라 동이의 어조는 한풀 수그러진 것이었다.

"아비 어미란 말에 가슴이 터지는 것도 같았으나 제겐 아버지가 없어요. 피붙이라고는 어머니 하나뿐인 걸요."

"돌아가셨나?"

"당초부터 없어요."

"그런 법이 세상에……."

생원과 선달이 야단스럽게 껄껄들 웃으니, 동이는 정색하고 우길 수밖에는 없었다.

"부끄러워서 말하지 않으려 했으나 정말예요. 제천 촌에서 달도 차지 않은 아이를 낳고 어머니는 집을 쫓겨났죠. 우스운 이야기이나, 그렇기 때문에 지금까지 아버지 얼굴도 본 적 없고, 있는 고장도 모르고 지내 와요."

고개가 앞에 놓인 까닭에 세 사람은 나귀를 내렸다. 둔덕²⁹⁾은 험하고 입을 벌리기도 대근하여³⁰⁾ 이야기는 한동안 끊겼다. 나귀는 건듯하면 미끄러졌다. 허 생원은 숨이 차 몇 번이고 다리를 쉬지 않으면 안 되었다. 고개를 넘을 때마다 나이가 알렸다. 동이 같은 젊은 축이 그지없이 부러웠다. 땀이 등을 한바탕 쪽 씻어 내렸다.

고개 너머는 바로 개울이었다. 장마에 흘러 버린 널다리가 아직도 걸리지 않은 채로 있는 까닭에 벗고 건너야 되었다. 고의³¹⁾를 벗어 띠로 등에 얽어매고 반 벌거숭이의 우스꽝스런 꼴로 물속에 뛰어들었다. 금방 땀을 흘린 뒤였으나 밤 물은 뼈를 찔렀다.

"그래, 대체 기르긴 누가 기르구?"

"어머니는 하는 수 없이 의부를 얻어 가서 술장사를 시작했죠. 술이 고주³²⁾래서 의부라고 전 망나니예요. 철들어서부터 맞기 시작한 것이 하룬들 편할 날 있었을까. 어머니는 말리다가 채이고 맞고 칼부림을 당하고 하니 집 꼴이 무어겠소. 열여덟 살 때 집을 뛰어나와서부터 이 짓이죠."

"총각 낫세론 동이 무던하다고 생각했더니 듣고 보니 딱한 신세로군."

물은 깊어 허리까지 찼다. 속 물살도 어지간히 센데다가 발에 채이는 돌멩이도 미끄러워 금시에 훌칠 듯하였다. 나귀와 조 선달은 재빨리 거의 건넜으나 동이는 허 생원을 붙드느라고 두 사람은 훨씬 떨어졌다.

"모친의 친정은 원래부터 제천이었던가?"

"웬걸요, 시원스리 말은 안 해주나 봉평이라는 것만은 들었죠."

"봉평? 그래 그 아비 성은 무엇이구?"

"알 수 있나요. 도무지 듣지를 못했으니까."

"그, 그렇겠지."

하고 중얼거리며 흐려지는 눈을 까물까물하다가 허 생원은 경망하게도 발을 빗디뎠다. 앞으로 고꾸라지기가 바쁘게 몸째 풍덩 빠져 버렸다. 허위적거릴수록 몸을 걷잡을 수 없어 동이가 소리를 치며 가까이 왔을 때에는 벌써 퍽이나 흘렀었다. 옷째 쫄딱 젖으니 물에 젖은 개보다도 참혹한 꼴이었다.

동이는 물속에서 어른을 해깝게[33] 업을 수 있었다. 젖었다고는 하여도 여윈 몸이라 장정 등에는 오히려 가벼웠다.

"이렇게까지 해서 안됐네. 내 오늘은 정신이 빠진 모양이야."

"염려하실 것 없어요."

"그래 모친은 아비를 찾지는 않는 눈치지?"

"늘 한번 만나고 싶다고는 하는데요."

"지금 어디 계신가?"

"의부와도 갈라져서 제천에 있죠. 가을에는 봉평에 모셔오려고 생각중인데요. 이를 물고 벌면 이럭저럭 살아갈 수 있겠죠."

"아무렴, 기특한 생각이야. 가을이랬다?"

동이의 탐탁한 등허리가 뼈에 사무쳐 따뜻하다. 물을 다 건넜을 때에는 도리어 서글픈 생각에 좀더 업혔으면도 하였다.

"진종일 실수만 하니 웬일이오, 생원?"

조 선달이 바라보며 기어코 웃음이 터졌다.

"나귀야. 나귀 생각하다 실족을 했어. 말 안 했던가. 저 꼴에 제법 새끼를 얻었단 말이지. 읍내 강릉집 피마에게 말일세. 귀를 쫑긋 세우고 달랑달랑 뛰는 것이 나귀 새끼같이 귀여운 것이 있을까. 그것 보러 나는 일부러 읍내를 도는 때가 있다네."

"사람을 물에 빠치울 젠 딴은 대단한 나귀 새끼군."

허 생원은 젖은 옷을 웬만큼 짜서 입었다. 이가 덜덜 갈리고 가슴이 떨리며 몹시도 추웠으나 마음은 알 수 없이 둥실둥실 가벼웠다.

"주막까지 부지런히들 가세나. 뜰에 불을 피우고 훗훗이 쉬어. 나귀에겐 더운 물을 끓여 주고. 내일 대화장 보고는 제천이다."

"생원도 제천으로?"

"오래간만에 가보고 싶어. 동행하려나, 동이?"

나귀가 걷기 시작하였을 때 동이의 채찍은 왼손에 있었다. 오랫동안 아둑시니[34]같이 눈이 어둡던 허 생원도 요번만은 동이의 왼손잡이가 눈에 띄지 않을 수 없었다.

　걸음도 해깝고 방울소리가 밤 벌판에 한층 청청하게 울렸다.

　달이 어지간히 기울어졌다.

산

나무하던 손을 쉬고 중실은
발 밑의 깨금나무 포기를 들쳤다.
지천으로 떨어지는 깨금 알이
손안에 오르르 들었다.
익을 대로 익은 제철의 열매가 어금니 사이에서
오드득 두 쪽으로 갈라졌다.

산

1

　나무하던 손을 쉬고 중실은 발 밑의 깨금나무[1] 포기를 들
쳤다. 지천으로 떨어지는 깨금알이 손안에 오르르 들었다. 익
을 대로 익은 제철의 열매가 어금니 사이에서 오드득 두 쪽으
로 갈라졌다.

　돌을 집어던지면 깨금알같이 오드득 깨어질 듯한 맑은 하
늘, 물고기 등같이 푸르다. 높게 뜬 조각구름 때가 해변에 뿌
려진 조개껍질같이 유난스럽게도 한편에 옹졸봉졸[2] 몰려들
었다. 높은 산등이라 하늘이 가까우련만 마을에서 볼 때와 일
반으로 멀다. 구만 리일까 십만 리일까. 골짜기에서의 생각으

로는 산기슭에만 오르면 만져질 듯하던 것이 산허리에 나서면 단번에 구만 리를 내빼는 가을 하늘.

산속의 아침나절은 졸고 있는 짐승같이 막막은 하나 숨결이 은근하다. 휘엿한 산등은 누워 있는 황소의 등어리요, 바람결도 없는데, 쉴 새 없이 파르르 나부끼는 사시나무 잎새는 산의 숨소리다.

첫눈에 띄는 하아얗게 분장한 자작나무는 산속의 일색. 아무리 단장한대야 사람의 살결이 그렇게 흴 수 있을까. 수북 들어선 나무는 마을의 인총³⁾보다도 많고, 사람의 성보다도 종자가 흔하다. 고요하게 무럭무럭 걱정 없이 잘들 자란다. 산오리나무, 물오리나무, 가락나무, 참나무, 졸참나무, 박달나무, 사스레나무, 떡갈나무, 무치나무, 물가리나무, 싸리나무, 고로쇠나무. 골짝에는 신나무, 아그배나무, 갈매나무, 개옻나무, 엄나무. 산등에 간간이 섞여 어느 때나 푸르고 향기로운 소나무, 잣나무, 전나무, 향나무, 노간주나무 — 걱정 없이 무럭무럭 잘들 자라는 — 산속은 고요하나 웅성한 아름다운 세상이다. 과실같이 싱싱한 기운과 향기, 나무 향기, 흙 냄새, 하늘 향기, 마을에서는 찾아볼 수 없는 향기다.

낙엽 속에 파묻혀 앉아 깨금을 알뜰히 바수는⁴⁾ 중실은, 이제 새삼스럽게 그 향기를 생각하고 나무를 살피고 하늘을 바라보는 것이 아니었다. 그런 것은 한데 합쳐서 몸에 함빡 젖어들어 전신을 가지고 모르는 결에 그것을 느낄 뿐이다. 산과 몸이 빈틈없이 한데 얼린⁵⁾ 것이다. 눈에는 어느 결엔지 푸른 하늘이 물들었고,

피부에는 산 냄새가 배었다. 바심할[6] 때의 짚북데기보다도 부드러운 나뭇잎 — 여러 자 깊이로 쌓이고 쌓인 깨금잎, 가랑잎, 떡갈잎의 부드러운 보료 — 속에 몸을 파묻고 있으면 몸뚱어리가 마치 땅에서 솟아난 한 포기의 나무와도 같은 느낌이다. 소나무, 참나무, 총중[7]의 한 대의 나무다. 두 발은 뿌리요, 두 팔은 가지다. 살을 베면 피 대신에 나뭇진이 흐를 듯하다. 잠자코 섰는 나무들의 주고받은 은근한 말을, 나뭇가지의 고개짓 하는 뜻을, 나뭇잎의 소곤거리는 속심을 총중의 한 포기로서 넉넉히 짐작할 수 있다.

해가 쬘 때에 즐거하고, 바람 불 때에 농탕치고, 날 흐릴 때 얼굴을 찡그리는 나무들의 풍속과 비밀을 역력히 번역해 낼 수 있다. 몸은 한 포기의 나무다.

별안간 부드득 솟아오르는 힘을 느끼고 중실은 벌떡 뛰어 일어났다. 쭉 펴는 네 활개에 힘이 뻗쳐 금시에 그대로 하늘에라도 오를 듯싶다. 넘치는 힘을 보낼 곳 없어 할 수 없이 입을 크게 벌리고 하늘이 울려라 고함을 쳤다. 땅에서 솟는 산 정기의 힘찬 단순한 목소리다. 산이 대답하고 나뭇가지가 고갯짓한다. 또 하나 그 소리에 대답한 것은 맞은편 산허리에서 불시에 푸드득 날아 뜨는 한 자웅[8]의 꿩이었다. 살찐 까투리의 꽁지를 물고 나는 장끼의 오색 날개가 맑은 하늘에 찬란하게 빛났다.

살찐 꿩을 보고 중실은 문득 배가 허출함을 깨달았다. 아래편 골짜기 개울 옆에 간직해 둔 노루 고기와 가랑잎 새에 싸 둔 개꿀[9]이 있음을 생각하고 다시 낫을 집어 들었다.

첫 참 때까지는 한 짐은 채워 놓아야 파장되기 전에 읍내에 다다르겠고, 팔아 가지고는 어둡기 전에 다시 산으로 돌아와야 할 것이다. 한참 쉰 뒤라 팔에는 기운이 남았다. 버스럭거리는 나뭇잎 소리가 품 안에 요란하고 맑은 기운이 몸을 한바탕 멱 감긴 것 같다. 산은 마을보다 몇 곱절 살기가 좋은가. 산에 들어오기를 잘했다고 중실은 생각하였다.

2

세상에 머슴살이같이 잇속[10] 적은 생업은 없다.

싸울래 싸운 것이 아니라 김 영감 편에서 투정을 건 셈이다. 지금 와 보면 처음부터 쫓아낼 의사였던 것이 확실하다. 중실은 머슴 산 지 칠 년에 아무것도 쥔 것 없이 맨주먹으로 살던 집을 쫓겨났다. 원통은 하였으나 애통하지는 않았다.

해마다 사경을 또박또박 받아 본 일 없다. 옷 한 벌 버젓하게 얻어 입은 적 없다. 명절에는 놀이할 돈도 푼푼이 없이 늘 개 보름 쇠듯 하였다.[11] 장가 들이고 집 사고 살림을 내 준다던 것도 헛소리였다. 첩을 건드렸다는 생뚱 같은 다짐이었으나, 그것은 처음부터 계책한 억지요, 졸색[12]의 둥글개[13] 따위에는 손댈 염도 없었던 것이다. 빨래하러 갔던 첩과 동구 밖에서 마주쳐 나뭇짐을 지고 앞서고 뒤서서 돌아왔다고 의심받을 법은 없다. 첩과 수상한 놈팡이는 도리어 다른 곳에 있는 것을, 애매한 중실에게 엉뚱한 분풀이가 돌아온 셈이었다. 가살스런 첩의 행실을 휘어잡지 못하고 늘그막 판에 속 태우는 영감의 신세가 하기는 가엾기는 하다. 더욱 엉클어질 앞일을 생각하고 중실은 차라리 하직하고 나온 것이었다.

넓은 하늘 밑에서도 갈 곳이 없다. 제일 친한 곳이 늘 나무하러 가던 산이었다. 짚북데기보다도 부드러운 두툼한 나뭇잎의 맛이 생각났다. 그 넓은 세상은 사람을 배반할 것 같지는 않았다. 빈 지게만을 걸머지고 산으로 들어갔다. 그 속에서 얼마 동안이나 견딜 수 있을까가 한 시험도 되었다.

박중골에서도 오 리나 들어간, 마을과 사람과는 인연이 먼 산협[14]이다. 산등이 펑퍼짐하고 양지쪽에 해가 잘 쬐고, 골짜기에 개울이 흐르고, 개울가에 나무열매가 지천으로 열려 있는 곳이다. 양지쪽에서는 나무하러 왔다 낮잠을 잔 적도 여러 번이었다. 개울가에 불을 피우고 밭에서 뜯어 온 옥수수 이삭을 구웠다. 수풀 속에서 찾은 으름과 나뭇가지에 익어 시든 아그배[15]와 산사[16]로 배가 불렀다. 나뭇잎을 모아 그 속에 푹 파고든 잠자리도 그다지 춥지는 않았다.

이튿날 산을 헤매다가 공교롭게도 주영나무 가지에 야트막하게 달린 벌집을 찾아냈다. 담배 연기를 피워 벌떼를 이지러뜨리고 감쪽같이 집을 들어냈다. 속에는 맑은 꿀이 차 있었다.

사람은 살게 마련인 듯싶다. 꿀은 조금으로도 요기가 되었다. 개[17]와 함께 여러 날 양식이 되었다.

꿀이 다 떨어지지도 않은 그저께 밤에는 맞은편 심산에 산불이 보였다. 백일홍같이 새빨간 불꽃이 어둠 속에 가깝게 솟아올랐다. 낮부터 타기 시작한 것이 밤에 들어가서 겨우 알려진 것이

다. 누에에게 먹히는 뽕잎같이 아물아물 헤어지는 것 같으나, 기실은 한 자리에서 아롱아롱 타는 것이었다. 아귀의 혀끝같이 널름거리는 불꽃이 세상에도 아름다웠다. 울밑의 꽃보다도, 비단결보다도, 무지개보다도, 맨드라미보다도 곱고 장하다.

중실은 알 수 없이 신이 나서 몽둥이를 들고 산등을 달아오르고 골짜기를 건너 불붙는 곳으로 끌려 들어갔다. 가깝게 보이던 것과는 딴판으로 꽤 멀었다. 불은 산등에서 산등으로 둘러붙어 골짜기로 타 내려갔다. 화기가 확확 치쳐 가까이 갈 수 없었다. 후끈후끈 무더웠다. 나무뿌리가 탁탁 튀며 땅이 찡찡 울렸다. 민출한[18] 자작나무는 가지가지에 불이 피어올라 한 포기의 산호수 같은 불나무로 변하였다. 헛되이 타는 모두가 아까웠다. 중실은 어쩌는 수 없이 몽둥이를 쓸데없이 휘두르며 불 테두리를 빙빙 돌 뿐이었다. 불은 힘에 부치는 것이었다.

확실히 간 보람은 있었다. 그슬려진 노루 한 마리를 얻은 것이었다. 불 테두리를 뚫고 나오지 못한 노루는 산골짜기에서 뱅뱅 돌다 결국 불벼락을 맞은 것이다. 물론 그것을 얻을 때는 불도 거의 다 탄 새벽녘이었으나, 외로운 짐승이 몹시 가여웠다. 그러나 이미 죽은 후의 고기라 중실은 그것을 짊어지고 산으로 돌아갔다. 사람을 살리자는 산의 뜻이라고 비위 좋게 생각하면 그만이었다. 여러 날 동안의 흐뭇한 양식이 되었다. 다만 한 가지 그리운 것이 있었다. 짠맛 ― 소금이었다. 사람은 그립지 않으나 소금이 그리웠다. 그것을 얻자는 생각으로만 마음이 그리웠다.

3

힘 자라는 데까지 졌다.

이십 리 길을 부지런히 걸으려니 잔등에 땀이 내뱄다. 걸음을 따라 나뭇짐이 휘청휘청 앞으로 휘었다.

간신히 파장 전에 대었다.

나무를 판 때의 마음이 이날같이 즐거운 적은 없었다.

물건을 산 때의 마음도 이날같이 즐거운 적은 없었다.

그것은 짜장 필요한 물건이기 때문이다.

나무 판 돈으로 중실은 감자 말과 좁쌀 되와 소금과 냄비를 샀다. 산속의 호젓한 살림에는 이것으로써 족하리라고 생각되었다. 목숨을 이어가는 데 해어[19]쯤이 없으면 어떨까도 생각되었다.

올 때보다 짐이 단출하여 지게가 가벼웠다. 거리의 살림은 전과 다름없이 어수선하고 지지부레하였다.[20] 더 나아진 것도 없으려니와 못해진 것도 없다. 술집 골방에서 왁자지껄하게 싸우는 것도 전과 다름없다.

이상스러운 것은 그런 거리의 살림살이가 도무지 마음을 당기지 않는 것이다. 앙상한 사람들의 얼굴이 그다지 그리운 것이 아니었다.

무슨 까닭으로 산이 이렇게도 그리울까. 편벽된 마음을 의심도 하여 보았다. 그러나 별로 이치도 없었다. 덮어놓고 양지쪽이 좋고, 자작나무가 눈에 들고, 떡갈잎이 마음을 끄는 것이다. 평생 산에서 살도록 태어났는지도 모른다.

김 영감의 그 후의 소식은 물어 낼 필요도 없었으나, 거리에서 만난 박 서방 입에서 우연히 한 구절 얻어듣게 되었다.

병든 둥글개첩은 기어코 김 영감의 눈을 감춰 최 서기와 줄행랑을 놓았다. 종적을 수색 중이나 아직도 오리무중이라 한다.

사랑방에서 고시랑고시랑 잠을 못 이룰 육십 노인의 꼴이 측은하게 눈에 떠올랐다. 애매한 머슴을 내쫓았음을 뉘우치리라고도 생각되었다.

그러나 중실에게는 물론 다시 살러 들어갈 뜻도, 노인을 위로하고 싶은 친절도 가지기 싫었다.

다만 거리의 살림이라는 것이 더 한층 어수선하게 여겨질 뿐이었다.

산으로 향하는 저녁 길이 한결 개운하다.

4

개울가에 냄비를 걸고 서투른 솜씨로 지은 저녁을 마쳤을 때에는 밤이 적이 어두웠다.

깊은 하늘에 별이 총총 돋고, 초생달이 나뭇가지를 올가미 지웠다. 새들도 깃들이고, 바람도 자고, 개울물만이 쫄쫄쫄쫄 숨쉰다. 검은 산등은 잠든 황소다.

등걸불[21]이 탁탁 튄다. 나뭇잎 타는 냄새가 몸을 휩싸며 구수하다. 불을 쪼이며 담배를 피우니 몸이 훈훈하다. 더 바랄 것 없이 마음이 만족스럽다.

한 가지 욕심이 솟아올랐다.

밥 짓는 일이란 머슴애 할 일이 못 된다. 사내자식은 역시 밭 갈고 나무하는 것이 옳은 것이다. 장가를 들려면 이웃집 용녀만 한 색시는 없다. 용녀를 데려다 밥 일을 맡길 수밖에는 없다고 생각하였다.

용녀를 생각만 하여도 즐겁다. 궁리가 차례차례로 솔솔 풀렸다.

굵은 나무를 베어다 껍질째 토막을 내 양지쪽에 쌓아 올려 단칸의 조촐한 오두막을 짓겠다.

평퍼짐한 산허리를 일궈 밭을 만들고 봄부터 감자와 귀리를 갈 작정이다. 오랍뜰[22]에 우리를 세우고 염소와 돼지와 닭을 칠 터. 산에서 노루를 산 채로 붙들면 우리 속에 같이 기르고, 용녀가 집일을 하는 동안에 밭을 가꾸고 나무를 할 것이며, 아이를 낳으면 소같이, 산같이 튼튼하게 자라렸다. 용녀가 만약 말을 안 들으면 밤중에 내려가 가만히 업어 올걸. 한번 산에만 들어오면 별수 없지.

불이 거의거의 아스러지고, 물소리가 더 한층 맑다.

별들이 어지럽게 깜박거린다.

달이 다른 나뭇가지에 걸렸다.

나머지 등걸불을 발로 비벼 끄니 골짜기는 더 한층 막막하다.

어느 만 때인지 산속에서는 때도 분별할 수 없다.

자기가 이른지 늦은지도 모르면서 나무 밑 잠자리로 향하였다.

낟가리같이 두두룩하게 쌓인 낙엽 속에 몸을 송두리째 파묻고 얼굴만을 빠끔히 내놓았다.

몸이 차차 푸근하여 온다.

하늘의 별이 와르르 얼굴 위에 쏟아질 듯싶게 가까웠다 멀어졌다 한다.

별 하나 나 하나, 별 둘 나 둘, 별 셋 나 셋…….

어느 결엔지 별을 세고 있었다. 눈이 아물아물하고 입이 뒤바뀌어 수효가 틀려지면 다시 목소리를 높여 처음부터 고쳐 세곤 하였다.

별 하나 나 하나, 별 둘 나 둘, 별 셋 나 셋…….

세는 동안에 중실은 제 몸이 스스로 별이 됨을 느꼈다.

들

꽃다지, 질경이, 냉이, 딸장이, 민들레,
솔구장이, 쇠민장이, 길오장이, 달래, 무릇,
시금치, 씀바귀, 돌나물, 비름, 능쟁이.
들은 온통 초록 전에 덮여 벌써 한 조각의 흙빛도
찾아볼 수 없다.
초록의 바다.
초록은 흙빛보다 찬란하고 눈빛보다 복잡하다.

들

1.

꽃다지, 질경이, 냉이, 딸장이, 민들레, 솔구장이, 쇠민장이, 길오장이, 달래, 무릇, 시금치, 씀바귀, 돌나물, 비름, 능쟁이. 들은 온통 초록 전에 덮여 벌써 한 조각의 흙빛도 찾아볼 수 없다. 초록의 바다.

초록은 흙빛보다 찬란하고 눈빛보다 복잡하다.

눈이 보얗게 깔렸을 때에는 흰빛과 능금나무의 자줏빛과 그림자의 옥색빛 밖에는 없어 단순하기 옷 벗은 여인의 나체와 같던 것이 ─ 봄은 옷 입고 치장한 여인이다.

흙빛에서 초록으로 — 이 기막힌 신비에 다시 한 번 놀라 볼 필요가 없을까. 땅은 어디서 어느 때 그렇게 많은 물감을 먹었기에 봄이 되면 한꺼번에 그것을 이렇게 지천으로 뱉어 놓을까. 바닷물을 고래같이 들이켰던가. 하늘의 푸른 정기를 모르는 결에 함빡 마셔 두었던가. 그것을 빗물에 풀어 시절이 되면 땅 위로 솟쳐 보내는 것일까.

그러나 한 포기의 풀을 뽑아 볼 때 잎새만이 푸를 뿐이지 뿌리와 흙에는 아무 물들인 자취도 없음은 웬일일까. 시험관 속 붉은 물에 약품을 넣으면 그것이 금시에 새파랗게 변하는 비밀 — 그것과도 흡사하다. 이 우주의 비밀의 약품 — 그것은 결국 알 바 없을까. 한 톨의 보리알이 열 낟으로 나는 이치를 가르치는 이 있어도 그 보리알에서 푸른 잎이 돋는 조화의 동기는 옳게 말하는 이 없는 듯하다.

사람의 지혜란 결국 신비의 테두리를 뱅뱅 돌 뿐이요, 조화의 속의 속은 언제까지나 열리지 않는 〈판도라의 상자〉일 듯싶다. 초록 풀에 덮인 땅속의 뜻은 초록 옷을 입은 여자의 마음과도 같이 엿볼 수 없는 저 건너 세상이다.

얀들얀들 나부끼는 초목의 양자는 부드럽게 솟는 음악. 줄기는 굵고 잎은 연한 멜로디의 마디마디이다. 부피 있는 대궁은 나팔 소리요, 가는 가지는 거문고의 음률이라고도 할까, 알레그로가 지나고 안단테에 들어갔을 때의 감동 — 그것이 봄의 걸음이다. 풀 위에 누워 있으면 은근한 음악의 율동에 끌려 마음이 너볏너볏 나부낀다.

꽃다지, 질경이, 민들레…… 가지가지 풋나물을 뜯어 먹으면 몸이 초록으로 물들 것 같다. 물들어야 옳을 것 같다. 물들지 않음이 거짓말이다. 물들지 않으면 안 될 것 같다.

새가 지저귄다. 꾀꼬리일까.

지평선이 아롱거린다.

들은 내 세상이다.

2.

언제까지든지 푸른 하늘을 우러러보고 있으면 나중에는 현기증이 나며 눈이 둘러 빠질 듯싶다.

두 눈을 뽑아서 푸른 물에 채웠다가 〈라무네〉[1] 병 속의 구슬같이 차진 놈을 다시 살 속에 박아 넣은 것과도 같이 눈망울이 차고 어리어리하고 푸른 듯하다. 살과는 동떨어진 유리알이다. 그렇게도 하늘은 맑고 멀다. 눈이 아픈 것은 그 하늘을 발칙하게도 오랫동안 우러러본 벌인 듯싶다. 확실히 마음이 죄송스럽다.

반나절 동안 두려움 없이 하늘을 똑바로 쳐다볼 수 있는 사람이란 세상에서도 가장 착한 사람이거나 그렇지 않으면 가장 용기 있는 악한이어야 할 것이다.

그렇게도 푸른 하늘은 거룩하다. 눈을 돌리면 눈물이 푹 쏟아진다. 벌판이 새파랗게 물들어 눈앞에 아물아물한다. 이런 때에는 웬일인지 구름 한 점도 없다.

곁에는 한 묶음의 꽃이 있다. 오랑캐꽃, 고들빼기, 노고초, 새고사리, 까치무릇, 대계, 마타리, 차치광이, 나는 그것들을 섞어

틀어 꽃다발을 겯기[2] 시작한다. 각색 꽃판과 꽃술이 무릎 위에 지천으로 떨어진다. 그것은 헤어지는 석류알보다도 많다.

나는 들이 언제부터 이렇게 좋아졌는지를 모른다. 지금에는 한 그릇의 밥, 한 권의 책과 똑같은 지위를 마음속에 차지하게 되었다. 책에서 읽은 이론도 아니요, 얻어들은 이치도 아니요, 몇 해 동안 하는 일 없이 들과 벗하고 지내는 동안에 이유 없이 그것은 살림 속에 푹 젖었던 것이다.

어릴 때에 동무들과 벌판을 헤매며 찔레를 꺾으려 가시덤불 속에 들어가고, 소똥버섯을 따다 화로 속에 굽고, 메를 캐러 밭 이랑을 들치며 골로 말을 만들이 끌고 다니느라고 집에서보다도 들에서 더 많이 날을 지우던 — 그때가 다시 부활하여 돌아온 셈이다. 사람은 들과 뗄래야 뗄 수 없는 인연에 있는 것 같다.

자연과 벗하게 됨은 생활에서의 퇴각을 의미하는 것일까. 식물적 애정은 반드시 동물적 열정이 진한 곳에 오는 것일까. 학교를 쫓기고 서울을 물러오게 된 까닭으로 자연을 사랑하게 된 것일까.

그러나 동무들과 골방에서 만나고, 눈을 기어 거리를 돌아치다 붙들리고 뛰다 잡히고 쫓기고 — 하였을 때의 열정이나 지금에 들을 사랑하는 열정이나 일반이다. 지금의 이 기쁨은 그때의 그 기쁨과도 흡사한 것이다. 신념에 목숨을 바치는 영웅이라고 인간 이상이 아닌 것과 같이 들을 사랑하는 졸부라고 인간 이하는 아닐 것이다.

아직도 굳은 신념을 가지면서 지난날에 보던 책들을 들척거리다가도 문득 정신을 놓고 의미 없이 하늘을 우러러보는 때가 많다.

"학보, 이제는 고향이 마음에 붙는 모양이지."

마을 사람들은 조롱도 아니요, 치사도 아닌 이런 말을 던지게되었고, 동구 밖에서 만나는 이웃집 머슴은 인사 대신에 흔히,

"해동지 늪에 붕어 떼 많던가."

고기 사냥 갈 궁리를 하거나 그렇지 않으면,

"십리정 보리, 고개 숙였던가?"

하고 곡식의 소식을 묻게 되었다.

마을 사람들보다도 내가 더 들과 친하고 곡식의 소식을 잘 알게 된 증거이다.

나는 책을 외우듯이 벌판의 구석구석을 샅샅이 외우고 있다. 마음속에는 들의 지도가 세밀히 박혀 있고, 사철의 변화가 표같이 적혀 있다. 나는 들사람이요, 들은 내 것과도 같다.

어느 논두렁의 청대콩이 가장 진미이며, 어느 이랑의 감자가제일 굵다는 것을 알 수 있다. 새발고사리가 많이 피어 있는 진펄과 종달새 뜨는 보리밭을 짐작할 수 있다. 남대천 어느 모퉁이를 돌 때 가장 고기가 흔하다는 것도 알게 되었다.

개리, 쇠리, 불거지가 덕실덕실 끓는 여울과 메기, 뚜구뱅이가잠겨 있는 웅덩이와 쏘가리, 꺽지가 누워 있는 바위 밑과 ― 매재와 고들매기를 잡으려면 철교께서도 몇 마장을 더 올라가야한다는 것과 쇠치네와 기름종개를 뜨려면 얼마나 벌판을 나가야될 것을 안다. 물 건너 귀룽나무 수풀과 방치골 으름덩굴 있는

곳을 아는 것은 아마도 나쁠일 듯싶다.

학교를 퇴학 맞고 처음으로 도회를 쫓겨 내려왔을 때에는 첫 걸음으로 찾은 곳은 일가 집도 아니요 동무 집도 아니요 실로 이들이었다. 강가의 사시나무가 제대로 있고 버들 숲 둔덕의 잔디가 헐리지 않았으며, 과수원의 모습이 그대로 남은 것을 보았을 때의 기쁨이란 형언할 수 없이 큰 것이었다.

고향을 그리워하는 마음이란 곧 산천을 사랑하고 벌판을 반가워하는 심정이 아닐까. 이런 자연의 풍물을 내놓고야 고향의 그림자가 어디에 알뜰히 남아 있는가. 헐리어 가는 초가지붕에 남아 있단 말인가. 고향을 꾸미는 것은 사람이면서도 그리운 것은 더 많이 들과 시냇물이다.

3.

시절은 만물을 허랑하게 만드는 듯하다.

짐승은 드러내놓고 모든 것을 들의 품속에 맡긴다.

새 풀숲에서 새둥우리를 발견한 것을 나는 알 수 없이 기쁘게 여겼다. 거룩한 것을 ― 아름다운 것을 ― 찾은 느낌이다. 집과 가족들을 송두리째 안심하고 땅에 맡기는 마음씨가 거룩하다. 풀과 깃을 모아 두툼하게 결은 둥우리 안에는 아직 까지 않은 알이 너덧 알 들어 있다. 아롱아롱 줄이 선 풋대추만큼씩 한 새알. 막 뛰어나려는 생명을 침착하게 간직하고 있는 얇은 껍질 ― 금시에 딸깍 두 조각으로 깨뜨려질 모태 ― 창조의 보금자리!

그 고요한 보금자리가 행여나 놀라고 어지럽혀질까를 두려워하여 둥우리 기슭에 손가락 하나 대기조차 주저되어 나는 다만 한참 동안이나 물끄러미 바라보고 섰다가 풀포기를 제대로 덮어 놓고 감쪽같이 발을 옮겨 놓았다. 금시에 알이 쪼개지며 생명이 돋아날 듯싶다. 들 뒤에서 새가 푸드득 날아 뜰 것 같다. 적막을 깨뜨리고 하늘과 들을 놀래며 푸드득 날았다! 생각에 마음이 즐겁다.

그렇게 늦게 까는 것이 무슨 새일까. 청새일까 덤불지일까. 고요하게 뛰노는 기쁜 마음을 걷잡을 수 없어 목소리를 내서 노래라도 부를까, 느끼며 둑 아래로 발을 옮겨 놓으려다 문득 주춤하고 서 버렸다.

맹랑한 것이 눈에 띈 까닭이다. 껄껄 웃고 싶은 것을 참고 풀 위에 주저앉았다. 그 웃고 싶은 마음은 노래라도 부르고 싶던 마음의 연장인지도 모른다. 다시 말하면 그 맹랑한 풍경이 나의 마음을 결코 노엽히거나 모욕한 것이 아니요 도리어 아까와 똑같은 기쁨을 보여준 것이다. 일반적으로 창조의 기쁨을 보여준 것이다.

개울녘 풀밭에서 한 자웅의 개가 장난치고 있는 것이다. 하늘을 겁내지 않고 들을 부끄러워하지 않고 사람의 눈을 꺼리는 법 없이 자웅은 터놓고 마음의 자유를 표현할 뿐이다.

부끄러운 것은 도리어 이쪽이다. 나는 얼굴을 붉히면서 대중 없이 오랫동안 그 요절할 광경을 바라보기가 몹시도 겸연쩍었다. 확실히 시절의 탓이다. 가령 추운 겨울 벌판에서 나는 그런 장난을 목격한 적이 없다. 역시 들이 푸를 때, 새가 늦은 알을 깔

때 자웅도 농탕치는 것이다. 나는 그 광경을 성내서는 비웃어서는 안 되었다.

보고 있는 동안에 어디서부터인지 자웅에게로 돌멩이가 날아들었다. 킬킬킬킬, 웃음소리가 나며 두 번째 것이 날았다. 가뜩이나 몸이 떨어지지 않는 자웅은 그제서야 겁을 먹고 흘금흘금 눈을 굴리며 어색한 걸음으로 주체스런 두 몸을 비틀거렸다.

나는 나 이외에 그 광경을 그때까지 은근히 바라보고 있던 또 한 사람이 부근에 숨어 있음을 비로소 알고, 더 한층 부끄러운 생각이 와락 나며 숨도 크게 못 쉬고 인기척을 죽이고 잠자코만 있을 수밖에는 없었다.

세 번째 돌멩이가 날리더니 이윽고 호담스런 웃음소리가 왈칵 터지며 아래편 숲 속에서 사람의 그림자가 덥석 뛰어나왔다. 빨래 함지를 인 채 한 손으로는 연해 자웅을 쫓으면서 어깨를 떨며 웃음을 금할 수 없다는 자세였다.

그 돌연한 인물에 나는 놀랐다. 한편 엉겼던 마음이 풀리기도 하였다. 옥분이었다. 빨래를 하고 나자 그 광경임에 마음속 은밀히 흠뻑 그것을 즐기고 난 뒤인 모양이었다. 그러나 나의 놀람보다도 옥분이가 문득 나를 보았을 때의 놀람 — 그것은 몇 곱절 더 큰 것이었다. 별안간 웃음을 뚝 그치고 주춤 서는 서슬에 머리에 이었던 함지가 왈칵 떨어질 판이었다. 얼굴의 표정이 삽시간에 검붉게 질려 굳어졌다. 눈알이 땅을 향하고, 한편 손이 어쩔 줄 몰라 행주치마를 의미 없이 꼬깃거렸다.

별안간 깊은 구렁에 빠진 것과도 같은 그의 궁박한 처지와 덴 마음을 건져 주기 위하여, 나는 마음에도 없는 목소리를 일부러 자아내어 관대한 웃음을 한바탕 웃으면서 그의 곁으로 내려갔다.

"빌어먹을 짐승들."

마음에도 없는 책망이었으나 옥분의 마음을 풀어주자는 뜻이었다.

"득추 녀석쯤이 너를 싫달 법 있니. 주제넘은 녀석."

이어 다짜고짜로 그의 일신의 이야기를 집어낸 것은 그의 주의를 다른 곳으로 돌리자는 생각이었다. 군청 고원[3] 득추는 일껀 옥분과 성혼이 된 깃을 이제 와서 마다고 투정을 내고 다른 감을 구하였다. 옥분의 가세가 빈한하여 들고 날 판이므로 혼인한 뒤에 닥쳐 올 여러 가지 귀찮은 거래를 염려하여 파혼한 것이 확실하다. 득추의 그런 꾀바른 마음씨를 나무라는 것은 나뿐이 아니었다. 마을 사람들은 거개[4] 고원의 불신을 책하였다.

"배반을 당하고 분하지도 않으냐?"

"모른다."

옥분은 도리어 짜증을 내며 발을 떼 놓았다.

"그 녀석 한 번 해내[5] 줄까."

웬일인지 그에게로 쏠리는 동정을 금할 수 없다.

"쓸데없는 짓 할 것 있니?"

동정의 눈치를 알면서도 시치미를 떼는 옥분의 마음씨에는 말할 수 없이 그윽한 것이 있어 그것이 은연중에 마음을 당긴다.

눈앞에 멀어지는 그의 민출한[6] 자태가 가슴속에 새겨진다. 검은 치마폭 밑으로 드러난 불그레한 늘큿한 두 다리 ─ 자작나무보다도 더 아름다운 것 ─ 헐벗기 때문에 한결 빛나는 것, 세상에도 가지고 싶은 탐나는 것이다.

4.

일요일인 까닭에 오래간만에 문수와 함께 둑 위에서 하루를 보낼 수 있었다. 날마다 거리의 학교에 가야 하는 그를 자주 붙들어 낼 수는 없다. 일요일이 없는 나에게도 일요일이 있는 것이다.

바다를 바라볼 수 있는 둑에 오르면 마음이 활짝 열리는 듯이 시원하다. 바닷바람이 아직 조금 차기는 하나 신선한 맛이다.

잔디밭에는 간간이 피지 않은 해당화 봉오리가 조촐하게 섞였으며, 둑 맞은편에 군데군데 모여 선 백양나무 잎새가 햇빛에 반짝반짝 나부껴 은가루를 뿌린 것 같다.

문수는 빌려 갔던 몇 권의 책을 돌려주고 표해 두었던 몇 구절의 뜻을 질문하였다. 나는 그에게는 하루의 선배인 것이다. 돈독하게 떼어 주는 것이 즐거운 의무도 되었다.

공부가 끝난 다음 책을 덮어 두고 잡담에 들어갔을 때에 문수는 탄식하는 어조였다.

"학교가 점점 틀려 가는 모양이다."

구체적 실례를 가지가지 들고 나중에는 그 한 사람의 협착한 처지를 말하였다.

"책 읽는 것까지 들키었네. 자네 책도 **뺏길 뻔했어.**"

짐작되었다.

"나와 사귀는 것이 불리하지 않은가."

"자네 걸은 길대로 되어 나가는 것이 뻔하지. 차라리 그 편이 시원하겠네."

너무 궁박한 현실 이야기만도 멋없어 두 사람은 무릎을 툭 털고 일어서 기분을 가다듬고 노래를 불렀다. 아는 말, 아는 곡조로 모조리 불렀다.

노래가 진하면 번갈아 서서 연설을 하였다. 눈앞에 수많은 대중을 가상하고 목소리를 다하여 부르짖어 본다. 바닷물이 수물거리나 어쩌나, 새들이 놀라서 떨어지나 어쩌나를 시험하려는 듯이도 높게 고함쳐 본다. 박수하는 사람은 수만의 대중 대신에 한 사람의 동무일 뿐이다. 지껄이는 동안에 정신이 흥분되고 통쾌하여 간다. 훌륭한 공부이며 단련이다.

협착한 땅 위에 그렇게 자유로운 벌판이 있음이 새삼스러운 놀람이다. 아무리 자유로운 말을 외쳐도 거기에서만은 중지를 당하는 법이 없으니까 말이다. 땅 위는 좁으면서도 넓은 셈인가. 둑은 속 풀리는 시원한 곳이며, 문수와 보내는 하루는 언제든지 다시없이 즐거운 날이다.

5.

과수원 철망 너머로 엿보이는 철 늦은 딸기 — 잎새 사이로 불긋불긋 돋아난 송이 굵은 양딸기 — 지날 때마다 건강한 식욕을 참을 수 없다.

더구나 달빛에 젖은 딸기의 양자란 마치 크림을 껴얹은 것과
도 같아서 한층 부드럽게 빛난다.

탐나는 열매에 눈독을 보내며 철망을 넘기에 나는 반드시 가
책과 반성으로 모질게 마음을 매질하지는 않았으며 그럴 필요도
없었다. 그것이 누구의 과수원이든 간에 철망을 넘는 것은 차라
리 들사람의 일종의 성격이 아닐까.

들사람은 또한 한편 그것을 용납하고 묵인하는 아량도 가지고
있는 것이다. 나는 몇 해 동안에 완전히 이 야취의 성격을 얻어
버린 것 같다.

흐뭇한 송이를 정신없이 따서 입에 넣으면서도 철망 밖에서
다만 탐내고 보기만 할 때보다 한층 높은 감동을 느끼지 못하게
됨은 도리어 웬일일까. 입의 감동이 눈의 감동보다 떨어지는 탓
일까. 생각만 할 때의 감동이 실상 당하였을 때의 감동보다 항용
더 나은 까닭일까. 나의 욕심을 만족시키기에는 불과 몇 송이의
딸기가 필요할 뿐이었다. 차라리 벌판에 지천으로 열려 언제든
지 딸 수 있는 들딸기 편이 과수원 안의 양딸기보다 나음을 생각
하며 나는 다시 철망을 넘었다.

멍석딸기, 중딸기, 장딸기, 나무딸기, 감대딸기, 곰딸기, 닷딸
기, 배암딸기……

능금나무 그늘에 난데없는 사람의 그림자를 발견하자, 황급히
뛰어넘다 철망에 걸려 나는 옷을 찢었다. 그러나 옷보다도 행여
나 들키지나 않았나 하는 염려가 앞서 허둥허둥 풀 속을 뛰다가
또 공교롭게도 그가 옥분임을 알고 마음이 일시에 턱 놓였다. 그

역시 딸기밭을 노리고 있던 터가 아닐까. 철망 기슭을 기웃거리며 능금나무 아래 몸을 간직하고 있지 않았던가.

언제인가 개천 둑에서 기묘하게 만난 후 두 번째의 공교로운 만남임을 이상하게 여기고 있는 동안에 마음이 퍽이나 헐하게 놓여졌다. 가까이 가서 시룽시룽⁷⁾ 말을 건 것도 그리 어색하지 않고 자연스러웠다. 그 역시 시스러워⁸⁾하지 않고 수월하게 말을 받고 대답하고 하였다. 전날의 기묘한 만남이 확실히 두 사람의 마음을 방긋이 열어 놓은 것 같다.

"딸기 따 줄까?"

"무서워."

그의 떨리는 목소리가 왜 그리도 나의 마음을 끌었는지 모른다. 나는 떨리는 그의 팔을 붙들고 풀밭을 지나 버드나무 숲 속으로 들어갔다. 그의 입술은 딸기보다도 더 붉다. 확실히 그는 딸기 이상의 유혹이다.

"무서워."

"무섭긴."

하고 달래기는 하였으나 기실 딸기를 훔치러 철망을 넘을 때와 똑같이 가슴이 후둑후둑 떨림을 어쩌는 수 없었다. 버드나무 잎새 사이로 달빛이 가늘게 새어들었다. 옥분은 굳이 거역하려고 하지 않았다.

양딸기 맛이 아니요 확실히 들딸기 맛이었다. 멍석딸기, 나무딸기의 신선한 감각에 마음은 흐뭇이 찼다.

아무리 야취⁹⁾의 습관에 젖었기로 철망 너머 딸기를 딸 때와 일반으로 아무 가책도 반성도 없었던가. 벌판서 장난치던 한 자웅의 짐승과 일반이 아닌가. 그것이 바른가, 그래서 옳을까 하는 한 줄기의 곧은 생각이 한결같이 뻗쳐오름을 억제할 수는 없었다. 결국 마지막 판단은 누가 옳게 내릴 수 있을까.

6.

며칠이 지나도 여전히 귀찮은 생각이 머릿속에 뱅 돈다. 어수선한 마음을 활짝 씻어 버릴 양으로 아침부터 그물을 들고 집을 나섰다.

그물을 후릴 곳을 찾으면서 남대천 물줄기를 따라 올라간 것이 시적시적[10] 걷는 동안에 어느덧 철교께서도 근 십 리를 올라가게 되었다. 아무 고기나 닥치는 대로 잡으려던 것이 그렇게 되고 보니 불현듯이 고들매기를 후려 볼 욕심이 솟았다.

고기 사냥 중에서도 가장 운치 있고 흥 있는 고들매기 사냥에 나는 몇 번인지 성공한 일이 있어 그 호젓한 멋을 잘 안다.

그 중 많이 모여 있을 듯이 보이는 그럴 듯한 여울을 점쳐 첫 그물을 던져 보기로 하였다.

산속에 오목하게 둘러싸인 개울 — 물도 맑거니와 물소리도 맑다. 돌을 굴리는 여울 소리가 티끌 한 점 있을 리 없는 공기와 초목을 영롱하게 울린다. 물속에 노는 고기는 산신령이 아닐까.

옷을 활짝 벗어 붙이고 그물을 메고 물속에 뛰어들었다. 넉넉히 목욕을 할 시절임에도 워낙 산골물이라 뼈에 차다. 마음이 한꺼번에 씻겨졌다느니보다도 도리어 얼어붙을 지경이다. 며칠 내로 내려오던 어수선한 생각이 확실히 덜해지고 날아갔다고 할까. 그러나 그러면서도 마지막 한 가지 생각이 아직도 철사같이 가늘게 꿰뚫고 흐름을 속일 수는 없었다.

"사람의 사이란 그렇게 수월할까."

옥분과의 그날 밤 인연이 어처구니없게 쉽사리 맺어진 것이 의심쩍은 것이었다. 아무 마음의 거래도 없던 것이 달빛과 딸기에 꼬임을 받아 그때 그 자리에서 금방 응낙이 되다니. 항용 거기에 이르기까지의 두 사람의 마음의 교섭이란 이야기 속에서 읽을 때에는 기막히게 장황하고 지리한 것이었는데 그것이 그렇게 수월할 리 있을까. 들 복판에서는 수월한 법인가.

"책임문제는 생기지 않는가."

생각은 다시 솔솔 풀린다. 물이 찰수록 생각도 점점 차게만 들어간다.

물이 다리목[11]을 넘게 되었을 때 그쯤에서 한 훌기 던져 보려고 그물을 펴 들고 물속을 가늠 보았다. 속 물이 꽤 세어 다리를 훑친다. 물때 낀 돌멩이가 몹시 미끄러워 마음대로 발을 디딜 수 없다. 누르칙칙한 물속이 정확히 보이지 않는다. 몇 걸음 아래편은 바위요, 바위 아래는 소가 되어 있다.

그물을 던질 때의 호흡이란 마치 활을 쏠 때의 그것과도 같이 미묘한 것이어서 일종의 통일된 정신과 긴장된 자세를 요구하는 것임을 나는 경험으로 잘 안다. 그러면서도 그때 자칫하여 기어이 실수를 하게 된 것은 필시 던지는 찰나까지도 통일되지 못한 마음이 어수선하고 정신이 까닥거렸음이 확실하다.

몸이 휘뚱하고 휘더니 횡하게 날아야 할 그물이 물 위에 떨어지자 어지럽게 흩어졌다. 발이 미끄러져서 센 물결에 다리가 쓸리니까 그물은 손을 빠져 달아났다. 물속에 넘어져 흐르는 몸을 아무리 버둥거려야 곧추 일으키는 장사 없었다. 생각하면 기가 막히나 별 수 없이 몸은 흐를 대로 흐르고야 말았다. 바위에 부딪혀 기어코 소에 빠졌다. 거품을 날리는 폭포 속에 송두리째 푹 잠겼다가 휘엿이 솟으면서 푸른 물속을 뱅 돌았다. 요행 헤엄의 습득이 약간 있던 까닭에 많은 고생 없이 허위적거리고 소를 벗어날 수는 있었다.

면상과 어깻죽지에 몇 군데 상처가 있었다. 피가 돋았다. 다리에는 군데군데 시퍼렇게 멍이 들어 있음을 보았다. 잃어버린 그물은 어느 줄기에 묻혀 흐르는지 알 바도 없거니와 찾을 용기도 없었다. 고들매기는 물론 한 마리도 손에 쥐어 보지 못하였다.

귀가 메고 코에서는 켰던 물이 줄줄 흘렀다. 우연히 욕을 당하게 된 몸뚱어리를 훑어보며 나는 알 수 없는 부끄러움을 느꼈다. 별안간 옥분이의 몸이 ― 향기가 눈앞에 흘러왔다. 비밀을 가진 나의 몸이 다시 돌아보이며 한동안 부끄러운 생각이 쉽게 꺼지지 않았다.

7.
문수는 기어코 학교를 쫓겨났다. 기한 없는 정학 처분이었으나 영영 몰려난 것과 같은 결과이다. 덕분에 나도 빌려 주었던 책권을 영영 뺏긴 셈이 되었다.

차라리 시원하다고 문수는 거드름 부렸으나 시원하지 않은 것은 그의 집안 사람들이다. 들볶는 바람에 그는 집을 피하여 더 많이 나와 지내게 되었다.

원망의 물줄기는 나에게까지 튀어 왔다. 나는 애매하게도 그를 타락시켜 놓은 안된 놈으로 몰릴 수밖에는 없다.

별 수 없이 나날이 들과 벗하게 되었다. 나는 좋은 들의 동무를 얻은 셈이다.

풀밭에 서면 경주를 하고 시냇가에 서면 납작한 돌을 집어 물위에 수제비를 뜨기가 일쑤다. 돌을 힘껏 던져 그것이 물 위를 뛰어가는 뜀 수를 세는 것이다. 하나, 둘, 셋, 넷, 다섯, 여섯, 일곱, 여덟 — 이 최고 기록이다. 돌은 굴러 갈수록 걸음이 좁아지고 빨라지다 나중에는 깜박 물속에 꺼진다. 기차가 차차 멀어지고 작아지다 산모퉁이에 깜박 사라지는 것과도 같다. 재미있는 장난이다. 나는 몇 번이고 싫지 않게 돌을 집어 시험하는 것이었다.

팔이 축 처지게 되면 다시 기운을 내어 모래밭에 겨루고 서서 씨름을 한다. 힘이 비등하여 승패가 상반이다. 떠밀기도 하고 샅바씨름도 하고 잡아 나꾸기도 하고 — 다리걸이, 딴죽치기 — 기술도 차차 늘어가는 것 같다.

"세상에서 제일 장하고, 제일 크고, 제일 아름답고, 제일 훌륭하고, 제일 바른 것이 무엇이냐?"

되건 말건 수수께끼를 걸고,

"힘이다!"

하고 껄껄껄껄, 웃으면 오장 육부가 물에 헤운 듯이 시원한 것이다. 힘! 무슨 힘이든지 좋다. 씨름을 해 가는 동안에 우리는 힘에 대한 인식을 한층 새롭혀 갔다. 조직의 힘도 장하거니와 그것을 꾸미는 한 사람의 힘이 크다면 더 한층 아름다운 것이 아닐까.

8.

문수와 천렵[12]을 나섰다.

그물을 잃은 나는 하는 수 없이 족대를 들고 쇠치네 사냥을 하러 시냇물을 훑어 내려갔다.

벌판에 냄비를 걸고 뜬 고기를 끓이고 밥을 지었다. 먹을 것이 거의 준비되었을 때 더운 판에 목욕을 들어갔다. 땀을 씻고 때를 밀고는 깊은 곳에 들어가 물장구와 가댁질[13]이다.

어린아이 그대로의 순진한 마음이 방울방울 날리는 물방울과 함께 하늘을 휘덮었다가는 쏟아지는 것이다.

물가에 나와 얼굴을 씻고 물을 들일 때에 문수는 다가와,

"어깨의 상처가 웬일인가?"

하고 나의 어깨의 군데군데를 가리켰다. 나는 뜨끔하면서 그때까지 완전히 잊고 있던 고들매기 사냥과 거기에 관련된 옥분과의 일건이 생각났다.

어떻게 할까 망설이다가 그에게까지 기일[14] 바 못 되어 기어코 고기잡이 이야기와 따라서 옥분과의 곡절을 은연중 귀띔하여 주게 되었다.

이상한 것은 그의 태도였다.

"명예의 부상일세그려."

놀리고는 걱실걱실[15] 웃는 것이다.

웃다가 문득 그치더니,

"이왕 말이 났으니 나도 내 비밀을 게울 수밖에는 없게 되었네그려."

정색하고 말을 풀어냈다.

"옥분이 — 나도 그와는 남이 아니야."

어안이 벙벙한 나의 어깨를 치며,

"생각하면 득추와 파혼된 후로부터는 달뜬 마음이 허랑해진 모양인데. 일종의 자포자기야. 죽일 놈은 득추지, 옥분의 형편이 가엾기는 해."

나에게는 이상한 감정이 솟아올랐다. 문수에게 대하여 노염과 질투를 느끼는 대신에 — 도리어 일종의 안심과 감사를 느끼는 것이었다. 괴롭던 책임이 모면된 것 같고 무거운 짐을 벗어놓은 듯이도, 감정이 가벼워지고 엉켰던 마음이 풀리는 것이다. 이것은 교활하고 악한 심보일까.

그러나 나를 단 한 사람으로 생각하지 않는 옥분의 허랑한 태도에 해결의 열쇠는 있다. 그의 태도가 마지막 책임을 져야 될 터이니까.

"왜 말이 없나? 거짓말로 알아듣나? 자네가 버드나무 숲에서 만났다면 나는 풀밭에서 만났네."

여전히 잠자코만 있으면서 나는 속으로 한결같이 들의 성격과

마술과도 같은 자연의 매력이라는 것을 생각하였다.

얼마나 이야기가 장황하였던지 밥 타는 냄새가 코를 찔렀다.

9.

무더운 날이 계속된다.

이런 때 마을은 더 한층 지내기 어렵고 역시 들이 한결 낫다.

낮은 낮으로 해 두고 밤을 — 하룻밤을 온전히 들에서 보낸 적이 없다. 우리는 의논하고 하룻밤을 들에서 야영하기로 하였다.

들의 밤은 두려운 것일까 — 이런 의문도 있었기 때문이다.

이왕 의가 통한 후이니 이후로는 옥분이도 데려다가 세 사람이 일단의 '들의 아들'이 되었으면 하는 문수의 의견이었으나, 나는 그것을 일종의 악취미라고 배척하였다. 과거의 피차의 정의는 정의로 하여 두고 단체 생활에는 역시 두 사람이 적당하며 수효가 셋이면 어떤 경우에든지 반드시 기울고 불안정하다는 의견을 가지고 있기 때문이다. 그러나 그것도 결국 나의 야성이 철저치 못한 까닭이 아닐까.

어떻든 두 사람은 들 복판에서 해를 넘기고 어둡기를 기다리고 밤을 맞이하였다.

불을 피우고 이야기하였다.

이야기가 장황하기 때문에 불이 마저 스러질 때에는 마을의 등불도 벌써 다 꺼지고 개 짖는 소리도 수습된 뒤였다. 별만이 깜박거리고 바닷소리가 은은할 뿐이다.

어둠은 깊고 넓고 무한하다. 창조 이전의 혼돈의 세계는 이러

하였을까.

무한한 적막 — 지구의 자전, 공전의 소리도 들리지 않는 것이
다.

공포 — 두려움이란 어디서 오는 감정일까.

어둠에서도 적막에서도 오지는 않는다.

우리는 일부러 두려운 이야기, 무서운 이야기로 마음을 떠보
았으나 이렇듯 한 새삼스러운 공포의 감정이라는 것은 솟지 않
았다.

위에는 하늘이요, 아래는 풀이요 — 주위에 어둠이 있을 뿐이
지 모두가 결국 낮 동안의 계속이요, 연장이다. 몸에 소름이 돋
는 법도 마음이 떨리는 법도 없다.

서로 눈만 말똥거리다가 피곤하여 어느 결엔지 잠이 들어 버
렸다.

단잠이 깨었을 때에는 아침 해가 높은 후였다.

야영의 밤은 시원하였을 뿐이요, 공포의 새는 결국 잡지 못하
였다.

10.

그러나 공포는 왔다.

그것은 들에서 온 것이 아니요, 마을에서 — 사람에게서 왔다.
공포를 만드는 것은 자연이 아니요, 사람의 사회인 듯싶다.

문수가 돌연히 끌려간 것이다.

학교 사건의 뒤맺음인 듯하다.

이어 나도 들어가게 되었다.

나 혼자에 대하여 혹은 문수와 관련되어 여러 가지 질문을 받았다.

사흘 밤을 지우고 쉽게 나왔으나 문수는 소식이 없다. 오랠 것 같다.

여러 가지 재미있는 여름의 계획도 세웠으나 혼자서는 하릴없다. 가졌던 동무를 잃었을 때의 고독이란 큰 것이다.

들에서 무료히 지내는 날이 많다.

심심파적으로 옥분을 데려올까도 생각되나 여러 가지로 거리끼고 주체스런 일이다. 깨끗한 것이 좋을 것 같다.

별수 없이 녀석이 하루라도 속히 나오기를 충심으로 바랄 뿐이다.

나오거든 풋콩을 실컷 구워 먹이고 기름종개를 많이 떠먹이고, 씨름해서 몸을 불려줄 작정이다.

들에는 도라지꽃이 피고 개나리꽃이 장하다.

진펄의 새발고사리도 어느덧 활짝 피었다.

해오라기가 가끔 조촐한 자태로 물가에 내린다.

시절이 무르녹았다.

돈

옛성 모퉁이 버드나무 까치 둥우리 위에
푸르둥 하늘이 얕게 드리웠다.
토끼 우리에서 하이얀 양토끼가
고슴도치 모양으로 까칠하게 웅크리고 있다.
능금나무 가지를 간들간들 흔들면서
벌판을 불어오는 바닷바람이 채 녹지 않은
눈 속에 덮인 종묘장 보리밭에 휩쓸려
도야지 우리에 모질게 부딪친다.

돈

　옛성 모퉁이 버드나무 까치 둥우리 위에 푸르둥 하늘이 얕게 드리웠다.

　토끼 우리에서 하이얀 양토끼가 고슴도치 모양으로 까칠하게 웅크리고 있다. 능금나무 가지를 간들간들 흔들면서 벌판을 불어오는 바닷바람이 채 녹지 않은 눈 속에 덮인 종묘장[1] 보리밭에 휩쓸려 도야지 우리에 모질게 부딪친다.

　우리 밖 네 귀의 말뚝 안에 얽어 매인 암퇘지는 바람을 맞으면서 유난히 소리를 친다. 말뚝을 싸고도는 종묘장 씨돝[2]은 시뻘건 입에 거품을 뿜으면서 말뚝의 뒤를 돌아 그 위에 덥석 앞다리를 걸었다. 시꺼먼 바위 밑에 눌린 자라 모양인 암퇘지는 날카로운 비명을 울리며 전신을 요동한다. 미끄러진 씨돝은 게걸덕거리며[3] 다시 말뚝을 싸고돈다. 앞뒤 우리에서 응하는 도야지들의 고함에 오후의 종묘장 안은 떠들썩한다.

반시간이 넘어도 여의치 않았다. 둘러싸고 보던 사람들도 흥이 식어서 주춤주춤 움직인다. 여러 번째 말뚝 위에 덮쳤을 때에 육중한 힘에 말뚝이 와싹 무지러지면서[4] 그 바람에 밑에 깔렸던 도야지는 말뚝의 테두리로 벗어져서 뛰어갔다.

"어려서 안 되겠군."

종묘장 기수가 껄껄 웃는다.

"황소 앞에 암탉 같으니 쟁그러워서[5] 볼 수 있나."

"겁을 먹고 달아나는데."

농부는 날쌔게 우리 옆을 돌아 뛰어가는 도야지의 앞을 막았다.

"달포[6] 전에 한번 왔다 갔으나 씨가 붙지 않아서 또 끌고 왔는데요."

식이는 겸연쩍어서 얼굴이 붉어졌다.

"아무리 짐승이기로 저렇게 어리구야 씨가 붙을 수 있나."

농부의 말에 식이는 다시 얼굴을 붉혔다.

"빌어먹을 놈의 짐승."

무안도 무안이려니와 귀찮게 구는 짐승에 식이는 화를 버럭 내면서 농부의 부축을 하여 달아나는 도야지의 뒤를 쫓는다. 고무신이 진창에 빠지고 바지춤이 흘러내린다.

도야지의 허리를 맨 바를 붙들었을 때에 그는 홧김에 바를 뒤로 잡아 나꾸며 기운껏 매질한다. 어린 짐승은 바들바들 떨면서 비명을 울린다. 농가 일 년의 생명선 — 좀 있으면 나올 제1기 세금과 첫여름 감자가 나올 때까지의 가족의 양식의 예산의 부담을 맡은 이 어린 짐승에 대한 측은한 뉘우침이 나중에는 필연코 나련마는, 종묘장 사람들 숲에서의 무안을 못 이겨 식이의 흔드는 매는 자연 가련한 짐승 위에 잦게 내렸다.

"그만 갖다 매시오."

말뚝을 고쳐 든든히 박고 난 농부는 식이에게 손짓한다. 겁과 불안에 떨며 허둥거리는 짐승을 이번에는 한결 더 든든히 말뚝 안에 우겨 넣고 나뭇대를 가로질러 배까지 띠빈쳐 올려 꼼짝 요동하지 못하게 탁탁하게 얽어매었다.

털몸을 근실근실 부딪히며 그의 곁을 궁싯궁싯 굼도는 씨돝은 미처 식이의 손이 떨어지기도 전에 '화차'와도 같이 말뚝 위를 엄습한다. 시뻘건 입이 욕심에 목메어서 풀무같이 요란히 울린다.

깔린 암돝[7]은 목이 찢어져라 날카롭게 고함친다.

둘러선 좌중은 일제히 웃음소리를 멈추고 일시 농담조차 잊은 듯하였다.

문득 분이의 자태가 눈앞에 떠오른다. 식이는 말뚝에서 시선을 돌려 딴전을 보았다.

"분이 고것, 지금엔 어디 가 있는구."

— 제2기분은 새려[8] 1기분 세금조차 밀려오는 농가의 형편에 도야지보다 나은 부업이 없었다. 한 마리를 일 년 동안 충실히

기르면 세금도 세금이려니와 잔돈푼의 가용 용돈쯤은 훌륭히 우러나왔다. 이 도야지의 공용을 잘 아는 식이가 푼푼이 모든 돈으로 마을 사람들의 본을 받아 종묘장에서 갓난 양도야지 한 자웅⁹⁾을 사 놓은 것이 지난 여름이었다. 기름이 자르르 흐르는 새까만 자웅을 식이는 사람보다도 더 귀히 여겨 갓 사 왔던 무렵에는 우리에 넣기가 아까워 그의 방 한구석에 짚을 펴고 그 위에 재우기까지 하던 것이 젖이 그리워서인지 한 달도 못 돼서 수놈이 죽었다. 나머지 암놈을 식이는 애지중지하여 단 한 벌의 그의 밥그릇에 물을 받아 먹이기까지 하였다. 물도 먹지 않고 꿀꿀 앓을 때에는 그는 나무하러 가는 것도 그만두고 종일 짐승의 시중을 들었다.

여섯 달을 기르니 겨우 암퇘지 티가 났다. 달포 전에 식이는 첫 시험으로 십 리가 넘는 읍내 종묘장까지 끌고 왔었다. 피돈 오십 전이나 내서 씨를 받은 것이 종시¹⁰⁾ 붙지 않았다. 식이는 화가 났다. 때마침 정을 두고 지내던 이웃집 분이가 어디론지 도망을 갔다. 식이는 속이 상해서 며칠 동안 일이 손에 잡히지 않았다.

늘 뾰로통해서 쌀쌀하게 대꾸하더니 그 고운 살을 한 번도 허락하지 않고 늙은 아비를 혼자 둔 채 기어이 도망을 가 버렸구나 생각하니 분이가 괘씸하였다. 그러나 속 깊은 박 초시의 일이니 자기 딸 조처에 무슨 꿍꿍이수작을 대었는지 도무지 모를 노릇이었다. 청진으로 갔느니, 서울로 갔느니, 며칠 전에 박 초시에게 돈 십 원이 왔느니, 소문은 갈피갈피였으나 하나도 종잡을 수 없었다. 이래저래 상할 대로 속이 상했다. 능금꽃 같은 두 볼을 잘강잘강 씹어 먹고 싶던 분이인 만큼 식이는 오늘까지 솟아오르는 심화를 억제할 수 없었다.

"다 됐군."

딴전만 보고 섰던 식이는 농부의 목소리에 그쪽을 보았다. 씨돝은 만족한 듯이 여전히 꿀꿀 짖으면서 그곳을 떠나지 않고 빙빙 돈다.

파장 후의 광경이언만 분이의 그림자가 눈앞에 어른거리는 식이는 몹시도 겸연쩍었다. 잠자코 섰는 까칠한 암도야지와 분이의 자태가 서로 얽혀서 그의 머릿속에 추근하게[11] 떠올랐다. 음란한 잡담과 허리 꺾는 웃음소리에 얼굴이 더 한층 붉어졌다. 환영을 떨쳐 버리려고 애쓰면서 식이는 얽어매었던 도야지를 풀기 시작하였다. 농부는 여전히 게걸덕거리며 어른어른 싸도는 욕심 많은 씨돝을 몰아 우리 속에 가두었다.

"이번에는 틀림없겠지."

장부에 이름을 올리고 오십 전을 치러 주고 종묘장을 나오니 오후의 해가 느지막하였다. 능금밭 건너편 양옥 관사의 지붕이 흐린 석양에 푸르뎅뎅하게 빛난다. 옛 성 어귀에는 드나드는 장꾼의 그림자가 어른어른한다. 성안에서 한 대의 버스가 나오더니 폭넓은 이등도로를 요란히 달아 온다. 도야지를 몰고 길 왼편 가로 피한 식이는 피뜩 지나가는 버스 안을 흘끗 살펴본다. 분이를 잃은 후로부터는 그는 달아나는 버스 안까지 조심스럽게 살피게 되었다. 일전에 나남에서 버스 차장 시험이 있었다더니 그

런 데로나 뽑혀 들어가지 않았을까. 분이의 간 길을 이렇게도 상상하여 보았기 때문이다.

"장이나 한 바퀴 돌아올까."

북문 어귀 성 밑 돌 틈에 도야지를 매 놓고 식이는 성을 들어가 남문 거리로 향하였다.

분이가 없는 이제, 장꾼의 눈을 피하여 으슥한 가게 앞에 가서 겸연쩍은 태도로 매화분을 살 필요도 없어진 식이는, 석유 한 병과 마른 명태 몇 마리를 사들고 장판을 오르락내리락하였다. 한동네 사람의 그림자도 눈에 띄지 않기에 그는 곧게 성 밖으로 나와 마을로 향하였다.

어기죽거리며 도야지의 걸음이 올 때만큼 재지 못하였다. 그러나 이제 매질할 용기는 없었다.

철로를 끼고 올라가 정거장 앞을 지나 오촌포 한길에 나서니 장 보고 돌아가는 사람들의 그림자가 드문드문 보인다. 산모퉁이가 바닷바람을 막아 아늑한 저녁 빛이 한길 위를 덮었다. 먼 산 위에는 전기의 고가선이 솟고 산 밑을 물줄기가 돌아내렸다. 온천 가는 넓은 도로가 철로와 나란히 누워서 남쪽으로 줄기차게 뻗쳤다. 저물어 가는 강산 속에 아득하게 뻗친 이 두 줄의 길이 새삼스럽게 식이의 마음을 끌었다. 걸어가는 그의 등 뒤에서는 산모퉁이를 돌아오는 기차 소리가 아련히 들린다. 별안간 식이에게는 이상한 생각이 들었다.

"이 길로 아무 데로나 달아날까."

장에 가서 도야지를 팔면 노자가 되겠지. 차 타고 노자가 자라는 곳까지 달아나면 그곳에 분이가 있지 않을까? 어디서 들었는지 공장에 들어가기가 분이의 소원이더니 그곳에서 여직공 노릇하는 분이와 만나 나도 '노동자'가 되어 같이 살면 오죽 재미있을까. 공장에서 버는 돈을 달마다 고향에 부치면 아버지도 더 고생하실 것 없겠지. 도야지를 방에서 기르지 않아도 좋고, 세금 못 냈다고 면소 서기들한테 밥솥을 빼앗길 염려도 없을 터이지. 농사같이 초라한 업이 세상에 또 있을까. 아무리 부지런히 일해도 못 살기는 일반이니…… 분이 있는 곳이 어디인가…… 도야지를 팔면 얼마를 받을까. 암퇘지, 양도야지…….

"앗!"

날카로운 소리에 번쩍 정신이 깨었다.

찬바람이 휙 앞을 스치고 불시에 일신이 딴 세상에 뜬 것 같았다. 눈 보이지 않고, 귀 들리지 않고, ― 잠시간 전신이 죽고, 감각이 없어졌다. 캄캄하던 눈앞이 차차 밝아지며 거물거물 움직이는 것이 보이고 귀가 뚫리며 요란한 음향이 전신을 쓸어 없앨 듯이 우렁차게 들렸다. 우레 소리가…… 바다 소리가…… 바퀴 소리가……. 별안간 눈앞이 환해지더니 열차의 마지막 바퀴가 쏜살같이 눈앞을 달아났다.

"앗 기차!"

다 지나간 이제 식이는 정신이 아찔하며 몸이 부르르 떨린다.

진땀이 나는 대신 소름이 쪽 돋는다. 전신이 불시에 빈 듯이 거뿐하다. 글자대로 전신이 비었다. 한쪽 팔에 들었던 석유병도 명태 마리도 간 곳이 없고, 바른손으로 이끌던 도야지도 종적이 없다.

"아, 도야지!"

"도야지구 무어구 미친놈이지. 어디라고 후미키리[12]를 막 건너."

따귀를 철썩 맞고 바라보니 철로 망보는 사람이 성난 얼굴로 그를 노리고 섰다.

"도야지는 어찌됐단 말이오?"

"어젯밤 꿈 잘 꾸었지. 네 몸 안 치인 것이 다행이다."

"아니, 그럼 도야지가 치었단 말요?"

"다음부터 차에 주의해."

독하게 쏘아붙이면서 철로 망꾼은 식이의 팔을 잡아 나꿔 후미키리 밖으로 끌어냈다.

"아, 도야지가 치었다니 두 번이나 종묘장에 가서 씨를 받은 내 도야지 암퇘지, 양도야지……."

엉겁결에 외치면서 훑어보았으나 피 한 방울을 찾아 볼 수 없다. 흔적조차 없다니 ― 기차가 달룽 들고 간 것 같아서 아득한 철로 위를 바라보았으나 기차는 벌써 그림자조차 없다.

"한 방에서 잠재우고, 한 그릇에 물 먹여서 기른 도야지, 불쌍한 도야지……."

정신이 아찔하고 일신이 허전하여서 식이는 금시에 그 자리에 푹 쓰러질 것도 같았다.

수탉

을손은 요사이 울적한 마음에
닭 시중도 게을리 하게 되었다.
그 알뜰히 기르던 닭들이 도무지
눈에도 들지 않으며 마음을 당기지 못하였다.
모이는 새로에 뜰 앞을 어른거리는 꼴을 보면
나뭇개비를 집어 들게 되었다.
치우지 않은 우리 속은 지저분하기 짝 없다.

수탉

　을손은 요사이 울적한 마음에 닭 시중도 게을리 하게 되었다. 그 알뜰히 기르던 닭들이 도무지 눈에도 들지 않으며 마음을 당기지 못하였다. 모이는 새로에[1] 뜰 앞을 어른거리는 꼴을 보면 나뭇개비를 집어 들게 되었다. 치우지 않은 우리 속은 지저분하기 짝 없다.

　두 마리를 팔면 한 달 수업료가 된다. 우리 안의 수효가 차차 줄어짐이 그다지 애틋한 것은 아니었다. 도리어 제때 가질 운명을 못 가지고 우리 안을 헤매는 한 달 동안의 운명을 벗어난 두 마리의 꼴이 눈에 거슬렸다. 학교에 안 가는 그 한 달 수업료가 늘려진 것이다.

그 두 마리 중에서도 못난 한 마리의 수탉은 가장 초라한 꼴이었다. 허울이 변변치 못한 위에 이웃집 닭과 싸우면 판판이 졌다. 물어뜯긴 맨드라미에는 언제 보아도 피가 새로이 흘러 있다. 거적눈인데다 한쪽 다리를 전다. 죽지의 깃이 가지런하지 못하고 꼬리조차 짧았다. 어떤 때는 암탉에게까지 쫓겼다. 수탉 구실을 못 하는 수탉이 보기에도 민망하였으나 요사이 와서는 민망한 정도를 넘어 보기 싫은 것이었다. 더구나 한 달의 운명을 우리 안에 더 붙이게 된 것이 을손에게는 밉살스럽고 흉측스럽게 보일 뿐이었다.

　학교에 못 가는 마음이 몹시 답답하였다.

　능금을 따고 낙원을 좇기운[2] 것은 전설이나, 능금을 따다 학원을 좇기운 것은 현실이다.

　농장의 능금은 금단의 과실이었다.

　을손들은 그 율칙[3]을 어긴 것이다.

　동무들의 꾐에 빠졌다느니보다도 을손 자신 능금의 유혹에 빠졌던 것이다. 능금은 사치한 욕망이 아니다. 필요한 식욕이었다.

　당번은 다섯 명이었다. 누에를 다 올린 후라 별로 할 일 없이 한가하였던 것이 일을 저지른 시초일는지 모른다. 잡담으로 자정이 되기를 기다렸다가 일제히 방을 나가 어둠 속에 몸을 감추고 과수원의 철망을 넘었다.

　먹다 남은 것을 아궁이 속에 넣은 것은 감쪽같았으나 마지막 한 개를 방구석 뽕잎 속에 간직한 것이 실책이었다.

　이튿날 아침 과수원 속의 발자취가 문제되었을 때 공교롭게도 뽕잎 속의 그 한 개가 발견되었다.

수색의 길은 빠르다. 간밤의 다섯 명의 당번이 차례로 반 담임 앞에 불리게 되었다.

굳게 언약을 해 놓고서도 어느 때나 마찬가지로 그 어디로부터인지 교묘하게 부서진다. 약한 한 사람의 동무의 입에서 기어이 실토가 된 모양이었다. 한 사람씩 거듭 불려 들어갔다.

두 번째 호출이 시작되었을 때 을손은 괴상한 곳에 있었다.

몸이 무거워 그곳에 들어간 것이 아니라 얼마 동안의 귀찮은 시간을 피하려 일부러 그곳을 고른 것이었다.

한 사람이 들어가 간신히 웅크리고 앉았을 만한 네모진 그 좁은 공간, 거북스럽기는 하여도 가장 마음 편한 곳도 그곳이었다. 그곳에 앉았으면 마치 바닷물 속에 잠겨 있는 것과도 같이 몸이 거뿐한 까닭이다.

밖 운동장에서는 동무들의 지껄이는 소리, 웃음소리, 닫는 소리에 섞여 공 구르는 가벼운 소리가 쉴 새 없이 흘러와 몸은 그 즐거운 소리를 타고 뜬 것 같다.

을손은 현재 취조를 받고 있을 당번의 동무들과 자신의 형편조차 잊어버리고 유유히 주머니 속에서 담배를 한 개 집어내서 불을 붙였다. 실상인즉 담배도 능금과 같이 금단의 것이었으나 율칙을 어김은 인류의 조상이 끼쳐 준 아름다운 공덕이다. 더구나 그곳에서 한 모금 피우기란 무상의 기쁨이라고 을손은 생각하는 것이었다.

이것도 그곳의 특이한 풍속으로 벽에는 옷을 입지 않을 때의

남녀의 원시적 자태가 유치한 필치로 낙서되어 있다. 간단한 선, 서투른 그림이면서도 그것은 일종의 기쁨이었다.

을손도 알 수 없는 유혹을 받아 주머니 속에서 무딘 연필을 찾아 향기로운 연기를 길게 뿜으면서 상상을 기울여 그림을 그리기 시작하였다.

능금을 먹은 위에 담배를 피우며 낙서를 하며 — 위반을 거듭하는 동안에 을손은 문득 학교가 싫은 생각이 불현듯이 들었다. 가령 학교에서 능금 딴 제자를 문초한 교사가 일단 집에 돌아갔을 때 이웃집 밭의 능금을 딴 어린 아들을 무슨 방법으로 처벌할 것이며 그 자신 능금을 따던 소년시대를 추억할 때 어떤 감상과 반성이 생길 것인가. 또 혹은 학교에서 절제의 미덕을 가르치는 교사 자신이 불의의 정욕에 빠졌을 때 그 경우는 어떻게 설명하여야 옳을 것인가. 마치 십계명을 설교하는 목사 자신이 간음의 죄에 신음하는 것과도 흡사한 그 경우를.

가깝게 생각하여 특수한 과학과 기술을 배워야 그것을 이용할 자신의 농토조차 없는 형편이 아닌가.

변변치 못하다. 초라하다. 적은 보수를 바라 이 굴욕을 받는 것보다는 차라리 좁고 거북한 굴레를 벗어나 아무 데로나 넓은 세상으로 뛰고 싶다. 을손의 생각은 고삐를 놓은 말같이 그칠 바를 몰랐다. 아마도 오래된 듯하다.

하학 종소리가 어지럽게 울렸다.

이튿날 아버지는 단벌의 나들이 두루마기를 입고 학교에 불리었다. 무기정학의 처분이었다.

아버지는 어안이 벙벙한 모양이었다 — 정든 아들을 매질할 수도 없었으므로. 을손은 우리 안의 닭을 모조리 홀두드려 팔아 가지고 내빼고 싶은 생각이 불같이 났으나 그것도 할 수 없어 빈손으로 집을 떠났다.

이웃 고을을 헤매다가 사흘 만에 다시 집으로 돌아왔다. 밭일도 거들 맥없어[4] 며칠은 천치같이 보낼 수밖에 없었다.

우리 안의 닭의 무리가 눈에 나 보였다. 가운데에서도 못난 수닭의 꼴은 한층 초라하다. 고추장에 밥을 비벼 먹여도 이웃집 닭에게 지는 가련한 신세가 보기에도 안타까웠다.

못난 수닭, 내 꼴이 아닌가 — 을손은 화가 버럭 났다.

한가한 판이라 복녀와는 자주 만날 수는 있는 처지였으나 겸연쩍은 마음에 도리어 주저되었다.

을손의 처분을 복녀는 확실히 좋게 여기지는 않는 눈치였다.

복녀는 의지의 여자였다. 반년 동안의 원잠종 제조소의 견습생 강습을 마친 터이라, 오는 봄부터는 면의 잠업 지도생으로 나갈 처지였다. 건듯하면 게을리 되는 을손의 공부를 권하여 주고 매질하여 주는 복녀였다.

학교를 마치면 맞들고 벌자는 언약이었으나 을손의 이번 실수가 복녀를 실망시킨 것은 확실하였다. 무능한 사내, 복녀에게 이같이 의미 없는 것은 없었다.

하룻저녁 복녀를 찾았을 때 을손에게는 모든 것이 확적히[5] 알렸다.

나온 것은 복녀가 아니요 복녀의 어머니였다.

"앞으론 출입도 피차에 잦지 못하게 될 것을 생각하니 섭섭하기 그지없네."

뜻을 몰라 우두커니 서 있으려니 복녀의 어머니는 말을 이었다.

"기어이 알맞은 사람을 하나 구해 봤네."

천근 같은 무쇠가 등골을 내리쳤다.

"조합에 얌전한 사람이 있다기에 더 캐지도 않고 작정하여 버렸어."

복녀는 찾아볼 생각도 못 하고 을손은 허전허전[6] 뛰어나왔다.

'복녀의 뜻일까, 춘향모의 짓일까.'

물을 필요도 없었다.

눈앞이 어둡고 천지가 헐어지는 것 같았다.

며칠 동안은 눈에 아무것도 어리지 않았다.

앙상한 밤송이 같은 현실.

한 달이 넘어도 학교에서는 복교의 통지도 없다.

저녁때였다.

닭이 우리 안에 들어 각각 잠자리를 차지하였을 때 마을 갔던 수탉이 어슬어슬[7] 돌아왔다.

또 싸운 모양이었다.

찢어진 맨드라미에는 피가 생생하고 퉁겨진 죽지의 깃이 거꾸로 뻗쳤다.

다리를 저는 것은 일반이나 걸어오는 방향이 단정치 못하다.

자세히 보니 눈이 한쪽 찌그러진 것이었다. 감긴 눈으로 피가 흘러 털을 물들였다.

참혹한 꼴이었다.

측은한 생각은 금시에 미움의 감정으로 변하였다. 을손은 불같은 화가 버럭 났다.

'그 꼴을 하고 살아서는 무엇 해.'

살기를 띤 손이 부르르 떨렸다. 손에 잡히는 것을 되고말고 닭에게 던졌다.

공칙하게도[8] 명중되어 순간 다리를 뻗고 푸득거리는 꼴에서 을손은 시선을 피해 버렸다. 끊었다 이있다 하는 가엾은 비명이 을손의 오장을 뒤흔들어 놓는 듯하였다.

사냥

연해 두어 번 총소리가 산속에 울렸다.
몰이꾼의 행렬은 산등을 넘고
골짝을 향하여 차차 옴츠러들었다.
발밑에 요란히 울리는 떡갈잎, 가랑잎의
어지러운 소리에 산을 싸고도는
동무들의 고함도 귀 밖에 멀다.
상기된 눈앞에 민출한 자작나무의 허리가
유난스럽게도 희끔희끔 거린다.

사냥

연해 두어 번 총소리가 산속에 울렸다. 몰이꾼의 행렬은 산등을 넘고 골짝을 향하여 차차 옴츠러들었다. 발밑에 요란히 울리는 떡갈잎, 가랑잎의 어지러운 소리에 산을 싸고도는 동무들의 고함도 귀 밖에 멀다. 상기된 눈앞에 민출한 자작나무의 허리가 유난스럽게도 희끔희끔거린다.

수백 명의 학생들이 외줄로 늘어서 멀리 산을 둘러싸고 골짝으로 노루를 모조리 내리모는 것이다. 골짝 어귀에는 오륙 명의 포수가 등대하고 섰다. 노루를 빼올 위험은 포수 편에보다 늘 포위선에 있다. 시끄러운 책임을 모면하기 위하여 몰이꾼들은 빽빽한 주의와 담력으로 포위선을 한결같이 경계

하여야 된다. 적어도 눈앞에서 짐승을 놓쳐서는 안 되는 것이다.

"학년 사이의 연락은 긴밀히! ×학년 우익 급속 전진!"

전령이 차례차례로 흘러온다.

일제히 내닫느라고 산이 가랑잎 소리에 묻혀 버렸다. 낙엽 속은 걷기 힘들다. 숨들이 막힌다.

학년의 앞장을 선 학보도 양쪽 동무와의 간격을 단단히 단속하면서 헐레벌떡거린다. 참나무 회초리가 사정없이 손등과 낯짝을 갈긴다. 발이 낙엽 속에 빠진다. 홧김에 손에 든 몽둥이로 나뭇가지를 후려치기도 멋없다.

"미친 짓이다. 노루는 잡어 무엇 한담."

아까부터 ─ 실상은 처음부터 이런 생각이 마음속에 뱅 도는 것이었다. 노루잡기가 그다지 교육의 훈련이 될 듯도 싶지 않으며 쓸모없는 애매한 짐승을 일없이 잡음이 도무지 뜻 없는 일 같다. 원족이면 원족, 거저 하루를 산속에서 뛰고 노는 편이 더 즐겁지 않은가.

"인간이란 제 생각밖에 못하는 잔인한 동물이다. 노루잡이는 무의미한 연중행사이다."

기어코 입 밖에 내서까지 중얼거리게 되었다. 땀이 내배어 등어리가 끈끈하다.

별안간 포위선의 열이 어지럽게 움직이더니 몽둥이가 날으며 날쌔게들 뛰어든다. 고함소리가 산을 흔든다.

"노루 노루 노루!"

"우익 주의!"

깨금나무 숲에 가리워 노루의 꼴조차 못 보고 어안이 벙벙하여 있는 서슬에 송아지만한 노루는 별안간 학보의 곁을 쏜살같이 지나 포위선을 뚫었다. 학보는 거의 반사적으로 몽둥이를 휘두르며 쫓았으나 민첩한 짐승은 순식간에 산등을 넘어 버렸다.

"또 한 마리. 놓치지 마라!"

고함과 함께 둘쨋마리가 어느 결엔지 성큼성큼 뛰어오다 벼르고 있는 학보의 자세를 보더니 옆으로 빗 뛰어가 이 역 약빠르게 뒷산으로 달아나 버렸다.

껑충한 귀여운 짐승 ― 극히 짧은 찰나의 생각이나 학보는 문득 놓친 것이 아까웠다. 동시에 검연쩍고 부끄러운 느낌이 났다. 조롱하는 동무들의 말소리가 얼굴을 달게 하였다.

"바보, 노루 두 마리 찾아내라."

이런 말을 들을 때에 확실히 몽둥이로 한 마리라도 두드려 잡았더면 얼마나 버젓하였을까 하는 생각이 났다. 골 안에는 벌써 더 짐승이 없었다. 동무들의 조롱을 하는 수 없이 참으면서 힘없이 산을 내려가는 수밖에 없었다.

'요행히' 잡은 것은 있었다. 망아지만한 한 마리가 배에 탄창을 맞고 쓰러져 있었다. 쏜 포수는 쏠 때의 형편을 거듭 말하며 은근히 오늘의 수완을 자랑하는 눈치였다. 다른 포수들은 잠자코만 있었다. 소득이 있으므로 동무들의 문책은 덜해졌으나 학보는 검붉은 피를 흘리고 쓰러진 가여운 짐승을 볼 때 문득문득 일종의 반항심이 솟아오르며 소득을 기뻐하는 몹쓸 무리가 한없이 미워지고 쏜 포수의 잔등을 총부리로 쳐서 꼬꾸라뜨리고도

싶은 충동이 솟았다.

품안에 들어온 두 마리의 짐승을 놓친 것이 얼마나 다행인가. 위대한 공 같이도 생각되었다. 잃어진 한 마리를 찾노라고 애달픈 가족들이 이 밤에 얼마나 산속을 헤맬까를 생각하면 뼈가 저렸다. 인간의 잔인성이 곱절로 미워지며 '인간중심주의'의 무도한 사상에 다시 침 뱉고 싶었다.

죽은 짐승을 생각하고 며칠을 마음이 언짢았다. 삼사 일이 지난 후에 겨우 입맛도 돌아섰다. 때가 유난스럽게 맛났다. 기어코 학보는 그날 밤 진미의 고기를 물어보았다.

"장에 났더라. 노루고기다."

어머니의 대답에 불현듯이 구미가 없어지며 숟가락을 던져 버렸다.

"노루고긴 왜 사요."

퉁명스런 짜증에 어머니는 도리어 어안이 벙벙한 모양이었다. 학보는 먹은 것을 모두 게우고도 싶었다. 결국 고기를 먹지 말아야 옳을까. 하기는 다시 더 생각이 날 것 같지도 않았다.

약령기

해가 쪼이면서도 바다에서는 안개가 흘러온다.
헌칠한 벌판에 얇게 깔려 살금살금 기어오는
자줏빛 안개는 마치 그 무슨 동물과도 같다.
안개를 입은 교장 관사의 푸른 지붕이
딴 세상의 것같이 바라보인다.
실습지가 오늘에는 유난히도 넓어 보이고
안개 속에서 일하는 동물들의 모양이
몹시도 굼뜨다.

약령기

　해가 쪼이면서도 바다에서는 안개가 흘러온다. 헌칠한 벌 판에 얇게 깔려 살금살금 기어오는 자줏빛 안개는 마치 그 무 슨 동물과도 같다. 안개를 입은 교장 관사의 푸른 지붕이 딴 세상의 것같이 바라보인다.

　실습지가 오늘에는 유난히도 넓어 보이고 안개 속에서 일 하는 동물들의 모양이 몹시도 굼뜨다. 능금꽃이 피는 시절임 에도 실습복이 떨리리만큼 날씨가 차다.

　쇠스랑으로 퇴비를 푹 찍어 올리니 김이 무럭 나며 뜨뜻한 기운이 솟아오른다. 그 속에 발을 묻으니 제법 훈훈한 온기가 몸을 싸고 오른다. 학수는 그대로 그 위에 힘없이 풀썩 주저앉았다. 그 속에 전신을 묻고 훈훈한 퇴비 냄새를 실컷 맡고 싶었다.

"너 피곤한가 부구나."

맥없는 학수의 거동을 바라보고 섰던 문오가 학수의 어깨를 치며 그의 쇠스랑을 뺏어 들고 그 대신 목코에 퇴비를 담기 시작하였다.

"점심도 안 먹었지."

"……."

"……(중략)……배우는 학과의 실험이라면 자그마한 실습지면 그만이지 이렇게 넓은 땅을 지을 필요가 있나. ……(중략)……."

혼잣말같이 중얼거리며 문오는 퇴비를 다 담고 나서,

"자, 이것만 갖다 붓고 그만 쉬지."

학수는 힘없이 일어나서 목코의 한끝을 메었다.

제삼 가족의 오늘의 실습 배당은 제이 온상(溫床)의 정리였다. 학수는 온상까지 가는 길에 한 시간 동안에 나른 목코의 수효를 속으로 헤어 보았다. 열일곱 번째였다. 그 사이에 조금이라도 게을리 하여서는 안 되는 것이다. 퇴비를 새로 만드는 온상에 갖다 붓고 나니 마침 휴식의 종이 울린다.

"젖 먹은 힘 다 든다. 실습만 그만두라면 나는 별일 다 하겠다."

옆에서 새 온상의 터를 파고 있던 삼 학년생이 부삽을 던지고 함정 속에서 뛰어나온다. 그도 점심을 못 먹은 패였다. 흐르는 땀을 손등으로 받아 뿌리면서 물을 켜러 허둥지둥 수도 있는 곳으로 걸어갔다.

학교를 둘러싸고 있는 사면의 실습지 구석구석에 퍼져서 삼백여 명의 생도는 그 종적조차 모르겠더니 휴식시간이 되니 우줄우줄 모여들어 학교 앞 수도를 둘러싸고 금시에 활기를 띠었다.

온상을 맡은 가족은 그곳으로 가는 사람이 적고, 대개 그 자리에 주저앉아 땀을 들였다. 학수도 문오도 — 같은 사 학년인 두 사람은 각별히 친밀한 사이였다 — 떨어지지 아니하고 실습복 채로 땅 위에 주저앉았다.

"능금꽃이 피었구나."

확실한 초점 없는 그의 시야 속에 앞밭의 능금나무가 어리었다. 흰 꽃에 차차 시선이 집중되자 '능금꽃'의 의식이 새삼스럽게 마음속에 떠올랐다.

"아니, 마른 가지에."

보고 있는 동안에 하도 괴이하여서 학수는 일어서서 그곳으로 갔다. 확실히 마른 가지에 꽃이 피어 있다.

그 알 수 없는 힘의 성장을 경탄하고 있을 때에 등 뒤에서 부르는 소리에 그는 뒤로 돌아섰다.

남부농장에서 실습하던 같은 급의 창구가 온상 옆에 서 있다.

"꽃구경하고 있다."

싱글싱글 웃으며,

"능금꽃 필 때 시집가는 사람은 오죽 좋을까."

괭이자루를 무의미하게 두드리고 앉았던 다른 동무가 문득 생

각난 듯이,

"아, 참, 금옥이가 쉬이 시집간다지."

창구가 맞장구를 치며,

"마을의 자랑거리가 또 하나 없어지는구나. 두헌이가 ×으로 넘어갔을 때 우리는 마을의 자랑거리를 하나 잃었더니 이제 우리는 마을의 명물을 또 하나 잃어버리는구나. 물동이 이고 울타리 안으로 사라지는 민출한[1] 자태도 더 볼 수 없겠지."

"신랑은 ×× 사는 쌀장수라지. 금옥이네도 가난하던 차에 밥은 굶지 않겠군."

"우리도 섭섭하지만 정 두고 지내던 학수 입맛이 어떤가."

싱글싱글 웃으면서 창구는 학수를 바라본다. 빈속에 슬픈 기억이 소생되어 학수는 현기증이 나며 정신이 흐려졌다.

"헛물만 켜고 분하지 않은가. 그러나 가난한 학생에게는 안 준다니 할 수 없지만."

창구의 애꿎은 한마디에 학수는 별안간 아찔하여지며 정신을 잃고 그 자리에 쓰러졌다.

핏기 한 점 없는 해쓱한 얼굴로 뻣뻣하게 쓰러지는 학수를 문오는 날쌔게 달려와서 등 뒤로 붙들었다. 창구가 달려와서 그의 다리를 붙들었다.

"웬일이냐."

보고 있던 동무들이 우르르 모여들었다.

"가끔 빈혈증을 일으키니."

"주림과 실습과 번민과 이 속에서 부대끼고야 졸도하기 첩경이지."

그 어느 한편을 부축하려고 가엾은 동무를 둘러싸고 그들은 우줄우줄하였다.[2]

"공연히 실없는 소리를 했더니 야유가 지나쳤나 부다."

창구는 미안한 생각을 금할 수 없어서 몇 번이나 사과하는 듯이 말하면서 문오와 같이 뻣뻣한 학수를 맞들고 숙직실로 향하였다.

다른 가족의 동무들이 의아하여 울레줄레[3] 따라왔다. 감독선생이 두어 사람 먼 데서 이것을 보고 좇아왔다.

숙직실에 데려다 눕히고 다리를 높이 고였다. 웃통을 활짝 풀어헤치고 물을 축여 가슴을 식히고 있는 동안에, 핏기가 얼굴에 오르면서 차차 피어나기 시작한다. 십 분도 채 못 되어 의사가 달려왔을 때에는 학수는 회복하고 눈을 떴다. 의사가 따라 주는 포도주를 반 잔쯤 마시고 나니 새 정신이 들었다. 골이 아직 띵하였으나 겸연쩍은 생각에 학수는 벌떡 일어났다.

"겨우 마음 놓았다. 사람을 그렇게 놀래니."

창구는 성말 안심한 듯이 웃으며,

"실없는 말 다시 안 하마."

"감독선생께 말할 터이니 실습 그만두고 더 누워 있어라."

문오는 학수 혼자 남겨 두고 창구와 같이 실습지로 나갔다.

숙직실에 혼자 남아 있기도 거북하여 학수는 허둥지둥 방을 나와 마음 편한 부란기(孵卵器)[4] 당번실로 갔다.

훈훈한 빈방에 누워 있으려니 여러 가지 생각과 정서가 좁은

가슴속을 넘쳐흘러 나왔다.

'병아리만도 못한 신세!'

윗목 우리 속에서 울고 돌아치는 병아리의 무리 ― 그보다도 못한 신세라고 학수는 생각하였다.

'병아리에게는 나의 것과 같은 괴로움은 없겠지.'

창밖으로는 민출한 버드나무가 내다보였다. 자랄 대로 자라는 밋밋한 버드나무 ― 그만도 못한 신세라고 학수는 생각하였다. 아무 생각 없이 순진하게 자라야 할 어린 그에게 너무도 괴로움이 많다. 그 가지가지의 괴로움이 밋밋하게 자라는 그의 혼을 숫제 무질러뜨린다.[5] 기구한 사정에 시달려 기개는 꺾어지고 의지는 찌그러진다. 금옥이 ― 서로 정 두고 지내던 그를 잃어버리는 것은 피차에 큰 슬픔이었다. 성 밖 능금밭에서 만나던 밤, 금옥이도 울고 그도 울었다. 그러나 학수의 괴로움은 그 틀어지는 사랑의 길뿐이 아니다. 집에 가도 괴롭고 학교에 와도 괴롭고, 가난과 부자유 ― 이것이 가지가지의 괴로움을 낳고 어린 혼의 생각을 짓밟았다.

생각하고 있는 동안에 두 눈에는 더운 것이 넘쳐 나왔다. 뒤를 이어 자꾸만 흘러 나왔다. 웬만큼 눈물을 흘리면 몸이 가뿐하여지건만 마음속의 서러운 검은 구름이 풀리지 않는 이상, 눈물은 비 쏟아지듯 무진장으로 흘러 내렸다. 흐릿한 눈물 속으로 학수는 실습을 마치고 들어온 문오의 찌그러진 얼굴을 보았다.

"너무 흥분하지 말아라."

어지러운 그의 꼴이 문오의 눈에는 퍽도 딱하였다.

"금옥이 때문에?"

"보다도 나는 학교가 싫어졌다."

"학교가 싫어진 것은 지금에 시작된 일이냐? 좋아서 학교 오는 사람이 어디 있겠니. 기계가 움직이듯 아무 의지도 없이 맹목적으로 오는 데가 학교야. 그렇다고 학교에 안 오면 별수가 있어야지."

"즐겁게 뛰노는 곳이 아니고 사람을 ××하는 곳이야."

"흙과 친하라고 말하나 ……(중략)…… 흙과 친할 수 있는가."

"어디로든지 먼 곳으로 가고 싶어."

"가서는 어떻게 하게? 지금 세상 가는 곳마다 다 괴롭지, 편한 곳이 어디 있겠니?"

"너무도 괴로우니 말이다."

"가 버리면 집안사람들은 어떻게 하겠니. 꾹 참고, 있는 때까지 있어 보자꾸나."

"……."

"오늘 밤에 용걸이한테 놀러나 갈까."

문오는 학수를 데리고 당번실을 나갔다.

아침.

조례시간에 각 학년 결석 보고가 끝난 후, 교장이 성큼성큼 등단하였다.

엄숙하게 정렬한 삼백여 명의 대열이 일순 긴장하였다. 교장의 설화가 있을 때마다 근심 반 호기심 반의 육백의 눈이 단 위로 집중되는 것이다.

"다달이 주의하는 것이지만……."

깨어진 양철같이 울리는 첫마디를 들은 순간 학수는 넉넉히 그 다음 마디를 짐작할 수 있었다.

"번번이 수업료 미납자가 많아서 회계 처리에 대단히 곤란하다……."

짐작한 대로였다. 다달이 한 번씩 이 말을 들을 때마다 학수는 마치 죄진 사람같이 마음이 우울하였다. 다달이 불과 몇 원 안 되는 금액이지만 가난한 농가의 자제에게는 무거운 짐이었다. 교장의 설유⁶⁾가 있을 때마다 매 맞는 양같이 마음이 움츠러졌다.

"이번 주일 안으로 안 바치면 단연코 처분할 터이니……."

판에 박은 듯한 늘 듣는 선고이지만 학수의 마음은 아프고 걱정되었다.

종일 동안 마음이 우울하였다.

때도 떳떳이 못 먹는 처지에 그만큼의 돈을 변통할 도리는 도저히 없었다. 달마다 괴롭히는 늙은 아버지의 까맣게 끄스른 꼴을 생각만 하여도 가슴이 저렸다. 가난한 집안을 업고 가기에 소나무같이 구부러신 가련한 쏠이 그림같이 그의 마음속에 들어붙어 떨어지지 않았다.

일 년 동안이나 공들여 길렀던 도야지는 달포 전에 세금에 졸려 팔아 버렸다. 일년 더 길러 명년 봄에 팔아 감자밭을 몇 고랑 더 화리 맡으려던 아까운 도야지를 하는 수 없이 팔아 버렸다. 그만큼 세금의 재촉이 불같이 심하였던 것이다.

그날 일을 학수는 지금까지도 잘 기억하고 있다.

면소에서는 나중에 면서기가 술기를 끌고 나왔다. 어머니는 그것이 소용없는 일인 줄 알면서도 욕지거리를 하였다. 아버지는 뜰 앞에 앉아 말없이 까만 얼굴에 담배만 푹푹 피웠다. 밥솥을 빼어 실은 술기가 문 앞을 굴러나갈 때, 어머니는 울 모퉁이까지 따라 나가며 소리를 치며 울었다. 하는 수 없이 아버지는 다음날 아끼던 도야지를 팔고 밥솥을 찾아내었다. 도야지를 없애고 어머니는 세 때나 밥술을 들지 않았다.

그때 일을 학수는 잊을 수가 없다.

'도야지도 없으니 이달 수업료를 어떻게 하노.'

걱정의 반날을 지우고 집에 돌아갔을 때 밭에 나간 아버지는 아직 돌아오지 않았다.

호미를 쥐고 뜰 앞 나물밭을 가꾸고 있는 동안에 아버지가 돌아왔다. 그러나 피곤하여 맥없는 그 꼴을 볼 때, 귀찮은 말로 그를 더 괴롭힐 용기가 나지 않았다.

가난한 저녁상을 마주 대하고 앉았을 때, 아버지 쪽에서 무거운 입을 열었다.

"요사이 학교 별 일 없니?"

"늘 한 모양이지요."

"공부 열심히 해라. 졸업한 후 직업에라도 속히 붙어야지, 늙은 몸으로 나는 더 집안을 다스려 갈 수 없다."

그것이 너무도 진정의 말이기 때문에 학수는 도리어 적당한 대답을 찾지 못하였다.

"날씨가 고약해서 농사는 올해도 또 낭패될 것 같다. 비료도 몇 가마니 사서 부어야겠는데 큰일이다. 작년에도 비료를 못 쳤더니 땅을 버렸다고 최 직장이 야단야단 치는 것을 올해는 빌고 빌어서 간신히 한 해 더 얻어 부치게 되지 않았니."

학수는 다시 우울하여져서 중간에서 밥숟갈을 놓아 버렸다.

"암만해도 도야지를 또 한 마리 사서 기를 수밖에는 도리가 없다. 닭을 쳐도 시원치 못하고 그저 도야지밖에는 없어. 학교 도야지 새끼 낳았니?"

아버지는 단 한 사람의 골육[7]인 아들에게 모든 것을 이야기하고 의논하였다.

그러나 농사일에 정신없는 아버지 앞에서 학수는 차마 수입료 말을 꺼내지 못하였다. 물을 마시고는 방을 뛰어나갔다.

밤이 이슥하였을 때, 학수는 울타리 밖 우물에 물 길러 온 금옥이에게 눈짓하여 성 밖에서 만나기로 하였다.

달이 너무도 밝기에 따로따로 떨어져 학수는 먼저 성 밖으로 나가 능금밭 초막 뒤편에 의지하여 금옥이가 나오기를 기다렸다.

보름달이 빅딩이 같이 희나. 벌판 끝에 바다가 그윽한 파도 소리와 함께 우련한 밤 속에 멀다. 윤곽이 선명한 초막의 그림자가 그 무슨 동물과도 같이 시꺼멓게 능금밭 속까지 뻗쳐 있고, 그 속에 능금나무가 잎사귀와 꽃이 같은 푸르스름한 빛으로 우뚝 솟아 있다. 달밤의 색채는 반드시 흰빛과 묵화 빛만이 아니다. 달빛과 밤빛이 짜내는 미묘한 색채 ― 자연은 이것을 그 현실의 색채 위에 쓰고 나타난다. 이것은 확실히 현실을 떠난 신비로운 치장이다. 그러나 달밤은 또한 이 신비로운 색채뿐이 아니다. 색채 외에 확실히 일종의 독특한 향기를 품고 있다. 알지 못할 그윽한 밤의 향기 — 이것이 있기 때문에 달밤은 더 한층 아름다운 것이다. 인류가 태고적부터 가진 이 낡은 달밤 — 낡았다고 빛이 변하는 법 없이 마치 훌륭한 고전(古典)과 같이 언제든지 아름다운 달밤!

그러나 괴롬 많은 학수에게는 이 달밤의 아름다운 모양이 새삼스럽게 의식에 오르지 않았다. 금옥의 생각이 달보다 먼저 섰던 것이다. 만나는 마지막 밤에 다른 생각 다 젖혀 버리고 금옥이를 실컷 생각하고 그 아름답고 안타까운 마지막 기억을 마음속에 곱게 접어 두고 싶었다.

초막 건너편 능금나무 사이에 금옥이가 나타났다. 능금꽃과 같은 빛으로 솟아 보이는 민출한 자태와 달빛에 젖은 오리오리의 머리카락 — 마지막으로 보는 이런 것이 지금까지 본 그 어느 때보다도 더한층 아름다웠다.

"겨우 빠져나왔어요."

너무도 밝은 달빛을 꺼리는 듯이 손등으로 얼굴을 가리고 금옥이는 가까이 왔다.

"요새는 웬일인지 집안사람들이 별로 나의 거동을 살피게 되었어요. 날이 가까웠으니 몸조심하라고 늘 당부하겠지요."

학수는 금옥이의 손을 잡으면서,

"며칠 안 남았군."

"그 소리는 그만두세요."

104 I

"그날을 기다리는 생각이 어떻소?"

"놀리는 말씀예요."

"놀리다니, 내가 금옥이를 놀릴 권리가 있나?"

"그렇지 않아도 슬픈 마음을 바늘로 찌르는 셈예요."

"누가 누구의 마음을 찌르는고!"

"팔려 가는 몸을 비웃으려거든 그날이 오기 전에 나를 어떻게 든지 처치해 주세요."

"아, 어떻게 하면 좋은가! 나같이 힘없고 못생긴 놈이 또 있을 까!"

말도 끝마치기 전에 학수에게는 참고 있던 울음이 탁 터져 나왔다. 목소리가 높아지며 어린아이 모양으로 엉엉 울었다. 금옥이의 얼굴도 달빛에 펀적펀적 빛났다.

그는 벌써 아까부터 학수의 눈에 뜨이지 않게 눈물을 흘리고 있었던 것이다.

"어떻게든지 처치해 주세요."

느끼는 목소리로 간신히 말하고 얼굴을 학수의 가슴에 푹 파묻었다. 울음소리가 별안간 높아졌다.

"처치라니, 지금의 나에게 무슨 힘이 있고 수단이 있나? 도 망…… 그것은 이야기 속에나 나오는 일이지. 맨주먹의 우리가 어떻게 그것을 하노."

학수는 가슴을 쥐어뜯었다.

"그것도 할 수 없다면 두 가지 길밖에는 없지요. 불쌍한 집안 사람들의 뜻은 어길 수가 없으니 그날을 점잖게 기다리든지, 그렇지 않으면 내 한 목숨을 없애든지⋯⋯."

금옥이의 목소리는 떨렸다. 며칠 동안에 눈에 띄리만큼 여윈 것이 학수의 손에 닿는 그의 얼굴 모습으로도 알렸다. 턱이 몹시 얇아지고 손목이 놀라리만큼 가늘어졌다.

"어떻게 하면 좋은고."

학수는 괴로운 심장을 빼내 버린 듯이 몸부림을 쳤다.

"사람의 일이란 될 대로밖에 안 되는 것 같아요. 이것이 우리들이 만나는 마지막이 될는지도 모르지요."

울음 속에서도 금옥이의 태도는 부자연스러우리만큼 침착하다.

아무 해결도 없는 연극의 막을 닫는 듯이, 달이 구름 속에 숨고 파도 소리가 별안간 요란히 들린다.

눈물에 젖은 금옥이의 치맛자락이 배꽃같이 시들었다.

모든 것을 단념한 후의 무서운 괴로움과 낙망 속에 금옥이의 혼인날이 가까워 왔다. 능금밭 초막에서 만난 밤 이후, 학수는 다시 금옥이를 만나지 못한 채 그날을 당하였다.

봉곡하는 마음을 부둥켜안고 학교에도 갈 생각 없이 그는 아침부터 바닷가로 나갔다.

무슨 심술로인지 공교롭게도 훌륭한 날씨이다. 너무도 찬란히 빛나는 햇빛에 학수는 얼굴을 정면으로 들기가 어려웠다. 한들한들 피어난 나뭇잎이 은가루같이 반짝반짝 빛났다. 굵게 모여와서 깨뜨려지는 파도 조각에 눈이 부셨다. 정어리 냄새와 해초 냄새와 — 그의 쇠잔한 가슴에는 너무도 센 바다 냄새가 흘러왔다.

포구에는 고깃배가 들어와 사람들의 요란히 떠드는 소리가 ─ 생활의 노래가 멀리 흘러왔다. 사람 자취 없는 물녘에는 다만 햇빛과 바람과 파도 소리가 있을 뿐이다. 끝이 없는 먼 바다의 너무도 진한 빛에 눈동자가 ─ 전신이 ─ 푸르게 물드는 듯도 하다. 두 다리를 뻗고 앉아서 학수는 모래를 집어 바다에 뿌리면서 금옥이와 같이 물녘에서 놀던 가지가지의 장면을 추억하였다. 뿌리는 모래와 함께 모든 과거를 바닷속에 묻으려는 듯이 이제는 눈물도 없고 울음도 나오지 않았다. 다만 빠직빠직 타는 속에 바닷바람도 오히려 시원찮았다.

주머니 속에 지니고 왔던 하이네의 시집을 집어냈다. 금옥이와 첫사랑을 말할 때 책장이 낡아 버리도록 읽던 하이네를 이제 마지막으로 또 한 번 되풀이하고 싶었다. 그것으로써 슬픈 첫사랑의 막을 내릴 작정이었다.

수없는 사랑의 노래와 실망의 노래 ─ 아무 실감 없이 읽던 실망의 노래가 지금의 그에게 또렷한 감정을 가지고 가슴속에 울려 왔다. 다음 시에 이르렀을 때 그는 그것을 두 번 세 번 거푸 읽었다. 그것은 곧 학수 자신의 정의 표시요 사랑을 묻은 묘의 비석이었다.

낡아빠진 노래의 가락가락 음과
마음을 괴롭히는 꿈의 가지가지를
이제 모두 다 장사 지내 버리련다.

저 커다른 관을 가져오너라……
그리고 열두 사람의 장정을 데려오너라.
쾨룬의 절간에 있는
크리스토프 성자의 상(像)보다도 더 굳센 열두 사람의 장정을.
장정들에게 관을 지워서 바닷속 깊이 갖다 버려라.
이렇게 큰 관을 묻으려면 커다란 묘가 필요할 터이지.

 여기에서 그만 슬픔의 결말을 맺고 책을 덮어 버리려다가 그
는 시의 힘에 끌리어 더욱더욱 책장을 넘겨 갔다. 낮이 지나고
해가 기울었다. 언지 찍고 눈을 감은 금옥이가 채밑에서 신랑과
마주 앉아 상을 받고 있을 때였다. 학수는 모래 위에 누운 채 몸
도 요동하지 않고 시에 열중하였다.

 가느다란 갈대 끝으로 모래 위에 쓰기를,
 '아그네스, 나는 너를 사랑하노라!'
그러나 심술궂은 파도가 한바탕 밀려와,
이 아름다운 마음의 고백을 여지없이 지워 버렸다.
약한 갈대여. 무른 모래여.
깨어지기 쉬운 파도여. 너희들은 벌써 믿을 수 없구나.
어두워지니 나의 마음 용달음치네.
억센 손아귀로 노르웨이 숲속에서
제일 큰 전나무 한 대 잡아 뽑아다
타오르는 에트나의 화산 속에 담가,

새빨갛게 단 그 위대한 붓으로
어두운 하늘에 줄기차게 써볼까.
'아그네스, 나는 너를 사랑하노라!'

학수는 두 번 세 번 거듭 여남은 번 이 시를 읽었다. 읽을수록 알지 못할 위대한 홍이 솟아 나왔다. '아그네스'를 '금옥이'로 고쳤다가 다시 여러 가지 다른 것으로 고쳐 보았다. '동무'로 해 보았다. '이 땅'을 놓아 보았다. 나중에는 '세상'으로 고쳐 보았다. 그것이 무엇이라고 꼬집어 말할 수 없는 위대한 감격이 가슴 속에 그득히 복받쳐 올라왔다.

"백두산 꼭대기에서 제일 큰 참나무 한 대 뽑아다 이 가슴의 열정으로 시뻘겋게 달궈 가지고 어두운 하늘에 줄기차게 써볼까. 그 무엇이여, 나는 너를 사랑하노라! 고."

모래를 차고 학수는 벌떡 일어났다. 저물어 가는 바다가 아득하게 멀고 쉴 새 없이 날아오는 파도빗발에 전신이 축축이 젖었다.

그날 밤에 학수는 며칠 전 문오와 같이 찾아갔던 후로는 다시 만나지 못한 용걸이를 찾아갔다. 오래전에 빌려 온 몇 권의 책자도 돌려보낼 겸.

독서에 열중하고 있던 용걸이는 책상 앞에서 몸을 돌리고 학수를 맞이하였다. 좁은 방에는 사면에 각색 표지의 책이 그득히 쌓여 있다. 그 책의 위치가 구름의 좌향같이 자주 변하였다. 책상 위에 펴 있는 두터운 책의 활자가 아물아물하게 검고 각테안

경 속에 담은 동무의 열정이 시꺼멓게 빛났다. 열정에 빛나는 그 눈. 바다 같은 매력을 가지고 항상 학수의 마음을 끄는 것은 그 눈이었다. 깊고 광채 있고 믿음직한 그 눈이었다. 학교에 안 가도 좋고 눈에 뜨이게 하는 일 없이 그는 두 눈의 열정을 모아 날마다 독서에 열중하는 것이 일과였다.

그가 서울을 쫓겨 고향으로 내려온 지 거의 반년이 넘는다. 근 사 년 동안 어떤 사립학교에서 공부하다가 작년 가을에 휴교사건으로 학교를 쫓겨난 후 즉시 고향으로 내려온 것이다. 학교를 쫓겨났다고 결코 실망하는 빛 없이 도리어 싱싱한 기운에 넘쳐 그는 고향을 찾아왔다. 부끄러워하는 대신에 그에게는 엄연한 자랑의 티조차 있었다. 그 부끄러워하지 않고 겁내는 법 없는 파들파들한 기운에 학수들은 처음에 적지않이 놀랐다. 그들의 어둡고 우울한 마음에 비겨 볼 때 용걸이의 그 파들파들한 기운과 광채는 얼마나 부러운 것이던가. 같은 마을에서 같은 어린 시절을 보낸 그들을 이렇게 다른 두 길로 나누어 놓은 것은 용걸이가 고향을 떠난 사 년 동안의 시간이었다. 사 년 동안에 용걸이는 서울서 무엇을 배우고 무엇을 하고 그의 굳은 신념은 무엇에서 나왔던가를 학수는 문오와 같이 그의 집에 자주 드나드는 동안에 듣고 짐작하고 배워 왔다. 마을에서는 용걸이를 위험시하고 갖가지의 소문을 내었으나 그는 모든 것을 모르는 체하고 싱싱한 열정으로 공부에 열중하였다. 그 늠름한 태도가 또한 학수들의 마음을 끌고 잡아 흔들었다.

"요사이 번민이 심하지?"

용걸이는 학수의 사정을 대강 알고 그의 괴로움을 짐작할 수 있었다.

"아니 오늘 잔칫날 아닌가?"

다시 생각하고 용걸이는 검은 눈에 광채를 더하여 숭굴숭굴 웃었다.

학수에게 아무 대답이 없으니 용걸이는 웃음을 수습하고 어조를 변하였다.

"그러나 그런 개인적 번민은 누구에게나 한두 가지씩은 다 있는 것이네."

이어서,

"가지가지의 번민을 거치는 동안에 차차 사람이 되지."

경험 많은 노인과 같이 목소리가 침착하고 무겁다.

성공하지 못한 용걸이의 과거의 연애사건을 학수도 잘 알고 있다. 근 일년을 넘은 연애가 상대자의 의사와 그 집안의 반대로 깨어지고 말았다. 물론 그들의 반대의 이유가 용걸이의 가난에 있다는 것은 말하지 않아도 확실한 것이었다. 용걸이의 번민은 지금의 학수의 그것과 같이 컸었고 그의 생각에 큰 변동이 생긴 것도 이때부터였다. 그는 이를 갈고 독서에 열중하였다. 그러는 동안에 배척받은 열정을 정신적으로 바칠 다른 큰 것을 발견하였던 것이다.

"개인적 번민보다도 우리에게는 전인류적 더 큰 번민이 있지 않은가."

드디어 이렇게 말하게까지 된 것이다.

"그러기 때문에 나도 오늘에는 개인적 번민을 청산하고 새로 솟는 위대한 열정을 얻었단 말이네."

하고 학수는 해변에서 느낀 감격이 사라질까를 두려워하는 듯이 흥분한 어조로 그 하루를 해변에서 지낸 이야기와 하이네 시에서 얻은 위대한 감격을 이야기하였다.

"하, 그렇게 훌륭한 시가 있던가 — 읽은 지 오래여서 하이네도 이제는 다 잊어버렸군."

하이네의 시를 듣고 용걸이도 새삼스럽게 감탄하였다.

"백두산 꼭대기에서 제일 큰 참나무 한 대 잡아 뽑아다 이 가슴의 열정으로 시뻘겋게 달궈 가지고 어두운 하늘에 줄기차게 써볼까. 짓밟힌 ×××이여 나는 너를 사랑하노라! 고."

'백두산'의 구절이 조금 편벽된 것 같다고는 하면서도 용걸이는 학수가 고친 이 시의 구절을 두 번 세 번 감동된 목소리로 읊었다.

"용걸이 있나?"

이때에 귀 익은 목소리가 나며 문이 펄떡 열렸다.

들어온 것은 성안의 현규였다.

"현규가?"

학수는 그의 출현을 예측하지 않았기 때문에 오래간만의 그를 반갑게 바라보고 있다.

"공부 잘하나."

현규는 한껏 이렇게 대꾸하면서 학수를 보았다. 그만큼 그들의 관계와 교섭은 그다지 친밀한 것이 못 되었다. 그가 들어왔기 때문에 학수와 용걸이의 회화가 중턱에서 끊어졌고 또 학수가 있기 때문에 용걸이와 현규의 사이도 어울리지 아니하고 서먹서먹한 것 같았다.

현규 — 그도 역시 용걸이와 같은 경우에 있었다. 학교를 중도에서 폐한 후로부터는 용걸이와 같은 길을 걷게 되었던 것이다. 두 사람은 자주 만났다. 그러나 그것은 결코 사람들의 눈에 역력히 뜨이지 않게 교묘하게 하였다. 용걸이는 학수를 만나 보는 것과는 또 다른 의도와 내용으로 현규와 만나는 것 같았다.

오늘 밤에도 그 무슨 일로 미리 약속하고 현규가 찾아온 것이 확실하리라 생각하고 학수는 그만 자리를 일어섰다.

"그러면 이번에는 이것을 가지고 가서 읽어 보게."

나가는 학수에게 용걸이는 두어 권의 작은 책자를 시렁에서 뽑아 주었다.

그것을 가지고 학수는 집을 나갔다.

기울어지는 반달이 흐릿하게 빛났다.

좁은 방에서 으슥하게 만나는 두 사람의 청년 — 그 뜻 깊은 풍경을 학수는 믿음직하게 마음속에 그렸다.

무슨 새인지, 으슥한 밤중에 숲속에서 우는 새소리를 들으면서 희미한 밤길을 더끔더끔[8] 걸었다.

이튿날 학수는 수업료 미납으로 정학 처분 중에 있는 줄을 번연히 알면서도 오후부터 학교에 나갔다. 그날 학우회 총회가 있는 것을 안 까닭이다. 학우회에는 기어이 출석할 생각이었다. 예산 편성 등으로 가난한 그들에게 직접 이해관계가 큰 총회를 철

모르는 어린 동무들에게 맡겨 망치고 싶지 않았던 것이다.

실습을 폐하고 총회는 오후부터 즉시 시작되었다. 사월에 열어야 할 총회가 일이 바쁜 까닭에 변칙적으로 오월에 들어가는 수가 많았다.

새로 선 강당은 요란하게 불어 올랐다. 학생들은 하루 동안 실습이 없어진 그 사실만으로 벌써 흥분하고 기뻐하였다.

천장과 벽과 바닥의 새 재목 빛에 해가 비쳐 들어와 누렇게 반사하였다. 그 속에 수많은 얼굴이 떡잎같이 누르칙칙하게 빛났다. 재목 냄새와 땀 냄새에 강당 안은 금시에 기가 막혔다. 발 벗은 학생이 많았다. 가끔 양말을 신은 사람이 있어도 다 떨어져 발허리만에 걸치고 있는 형편의 것이었다. 냄새가 몹시 났다. 맨발에는 개기름과 땀이 지르르 흘러 무더운 냄새가 파도같이 화끈화끈 넘쳐 밀려왔다.

여러 번 창을 열고 공기를 갈면서 회가 진행되었다.

교장의 사회가 끝난 후에 즉시 각부 예산 편성 결정으로 들어갔다. 학교에서 작성한 예산안 초안을 앞에 놓고 와글와글 떠들기 시작하였다. 부마다 각각 자기의 부를 지키고 한 푼의 예산도 양보하지 않았다. 떠들고 뒤끓으며 별것 아니요 벌떼의 싸움이었다. 하다못해 공책 한번 쥐어 본 적 없는 아무 부에도 속하지 않는 중간층의 학생들은 이 부에도 저 부에도 붙지 못하고 중간에서 유동하였다. 두 시간 동안이 지나도 각부의 예산은 결정되지 못하였다.

뒷줄 벤치 위에 숨어 앉은 학수는 무더운 화기에 정신이 얼떨

떨하였다. 지지할 만한 또렷한 한 부에 속하지 않은 그는 한마디도 입을 열지 아니하고 싸우는 꼴들을 냉정히 바라보고 있을 뿐이었다. 생각으로는 운동의 각부보다도 변론부, 음악부, 학예부 등을 지지하고 싶었으나 예산 편성이 끝난 후 열을 토하고 ××지 않으면 안 될 더 중대한 가지가지의 조목을 위하여 그는 열정의 낭비를 피하고 입을 꾹 다물었다. 해마다 문제되는 스포츠 원정비의 적립을 철저히 반대할 일······(중략)······

이것이 제일 중요한 조목이었다. 다음에 '학우회 기본금과 입회금의 적립 반대, 가족실습의 수입 이익은 가족에게 분배할 일······' 등등의 일반 학생의 이익을 위하여 싸워 뺏지 않으면 안 될 여러 가지 조목이 그의 가슴속에 뱅 돌고 있었다.

거의 네 시간이 지났을 때에야 겨우 예산이 이럭저럭 결정되고 선수 원정비 시비에 들어갔다.

서울과의 거리가 먼 까닭에 스포츠, 더욱이 정구와 축구의 원정에는 막대한 비용이 들었다. 빈약한 학우회비만으로는 도저히 지출할 수 없는 까닭에 기왕에는 기부금 등으로 이럭저럭 미봉하여 왔으나, 금년부터는 매월 학우회비를 특별히 더하여 원정비로 채우려는 설이 학교 당국에서부터 일어났다. 이 제의를 총회에 걸어 그 시비를 결정하자는 것이었다.

교장의 설명이 있은 후 즉시 운동부장인 ××이가 직원 좌석에서 일어섰다. 개인개인의 산만한 운동보다도 규율 있는 단체적 스포츠가 필요함을 그는 역설하고 그럼으로써 원정비 적립을 지지하라는 일장의 설화를 하였다.

학생들의 의견도 나기 전에 미리 뭇 의견의 방향을 결정하려는 그 심사가 괘씸하여서 학수는 벌떡 자리에서 일어서서 첫소리를 쳤다.

"지금의 학우회비로서 지출할 수 없다면 원정은 그만두자. 우리들의 처지로 새로이 회비를 더 내서까지 원정을 갈 필요가 있는가?"

회장이 물 뿌린 듯이 고요하다.

어린 학생들은 대개 어떻게 하는 것이 옳을지를 몰라 갈팡질팡하는 때가 많다. 그것을 잘 아는 학수는 절실한 인상으로 그들을 바른 방향으로 인도하겠다고 그 자리에 선 채 말을 이었다.

"지금의 수업료도 과한 가난한 농군의 자식인 우리들에게는 다만 이 이십 전이 결코 적은 돈이 아니다. 지금의 수업료조차 못 내서 쩔쩔매면서 이 위에 또 더 바칠 여유가 있는가. 철없는 맹동은 모두들 삼가자!"

그가 앉기가 바쁘게 다른 학년의 축구선수가 한 사람 일어서서 잘 돌아가지 않는 혀로 원정의 필요를 말한 후, 기왕에 원정 가서 얻어 온 우승기 — 그것을 영구히 학교의 것으로 만들 작정이니 원정을 후원하라고 거의 애걸하다시피 하였다.

우승기 — 이것이 철모르는 눈을 어둡히고 이끄는 것임을 문득 느끼고 학수는 한층 목소리를 높였다.

"그렇게 말하는 너부터 잘 생각해 보아라. 한 사람의 선수를, 한 사람의 영웅을 내기 위하여 이 많은 사람이 마음에도 없는 희생을 당하여야 옳단 말이냐. 한 사람의 선수가 우리에게 무엇을 가져왔나, 우승기? 아무 잇속 없는 한 폭의 허수아비에 지나지 못한다. 학교의 명예? 대체 무엇 하는 것이냐. 그 따위 명예가 우리에게 무슨 이익을 갖다 주었나. 우승기, 명예…… 일종의 허영에 지나지 못하는 것이다. 동무들아, 선수 원정을 반대하자! 원정비 적립을 반대하자!"

"옳다!"

"원정비 반대다!"

동의의 소리가 이 구석 저 구석에서 일어났다.

××이의 얼굴이 붉어지고 직원석이 수물수물 움직였다.

하급생 좌석에서 어린 학생이 일어서서 수물거리는 시선과 주의를 일신에 모았다. 등 뒤에 커다란 조각을 댄 양복을 입은 그는 이마에 빠지지 흐르는 땀을 씻으면서 가느다란 목소리를 내었다.

"실습, 그것이 우리에게는 훌륭한 운동이다. 이 외에 무슨 운동이 더 필요한가. 알맞은 체육이면 그만이지 우리에게 그 이상의 기술과 재주는 필요하지 않다. 가난한 우리는 너무도 건강하기 때문에 배가 고픈데 이 위에 더 운동까지 해서 배를 곯릴 것이 있는가?"

허리춤에서 수건을 뽑아서 땀을 씻고 한참 무주무주하다가 걸터앉았다. 그 희극적 효과에 웃음소리가 와 터져 나왔다. 우물거리는 당 안을 정리하려고 학수는 다시 자리를 일어서서 목소리를 더한층 높였다.

"옳다 ……(원문 30자 누락)…… 괴로워하는 집안사람들을 이 위에 더 괴롭힐 용기가 있는가. 수업료가 며칠 늦으면 담임선생이 불러들여 학교를 그만두라고 은근히 퇴학을 권유할 때, ……(원문 25자 누락)…… 우리는 우리들의 처지를 생각하여야 한다."

같은 형편과 생활에서 나온 절실한 실감이 동무들의 가슴을 뒤집어 흔들었다.

"그렇다."

"원정비 적립을 그만두자."

찬동의 소리가 강당을 들어갈 듯이 요란히 울렸다.

"학수, 학수!"

요란한 가운데에서 별안간 날카로운 고함이 들렸다. 직원 좌석이 어지럽게 동요하고 그 속에서 ××이의 성낸 얼굴이 학수를 무섭게 노렸다.

"학수, 너는 당장에 퇴장하여라. 수업료도 안 내고 가만히 와서 총회에 출석할 권리가 없다."

……(원문 200행 누락)……

그는 아무 일도 안 일어났던 듯이 시치미를 떼고 천연스럽게 집으로 돌아갔다. 정주에서 어머니가 뛰어나왔다.

"학수야."

끄스른 얼굴과 심상치 않은 목소리에 학수는 황당한 어머니를 보았다.

"학수야, 금옥이가……."

어머니가 달려와서 그의 옷자락을 붙들었다.

"금옥이가……."

어머니의 눈에 그렁그렁하는 눈물을 보고 학수는 놀라서,

"금옥이가 어떻게 했단 말예요?"

"……떠났단다."

"예?"

"바다에 빠져서."

"금옥이가 죽었단 말예요? 금옥이가……."

"대체 어떻게 된 노릇이냐. 혼인날 종일 네 이름만 부르더니 밤중에 신방을 도망해 나갔단다."

"그래 지금 어디 있어요? 지금 어디."

"금옥이네 집안 식구들은 지금 모두 바다에 몰려가 있다. 아까 포구 사람이 달려와서 시체를 건졌다고 전했단다. 지금 모두 해변에 몰려가 있다."

"바다…… 금옥이."

학수는 엉겁결에 허둥지둥 뛰어나갔다. 바다로 향하여 오 리나 되는 길을 줄달음쳤다.

며칠 전에 학수가 사랑을 잊으려고 하이네를 읽으며 하루를 보낸 바로 그 자리를 금옥이는 마지막의 장소로 골랐던 것이다. 가지가지의 추억을 가진 그곳을 특별히 고른 그 애처로운 마음을 학수는 더한층 슬피 여겼다.

물녘에는 통곡 소리가 흘렀다. 집안사람들은 시체를 둘러싸고 가슴을 뜯으며 어지럽게 울었다.

얼굴을 가리운 시체 — 보기에도 참혹한 것이었다. 사람의 몸

이 아니고 물통이었다. 입에서는 샘솟듯 물이 흘러나왔다. 혼인 날 입은 새 복색 그대로였다. 바다에서 올린 지 얼마 안 되는지 전신에서 물이 지어서 흘렀다. 그 자리만 모래가 축축이 젖어 있다.

미칠 듯한 심사였다.

학수는 달려들어 그 자리에 푹 쓰러졌다. 수건을 벗기고 얼굴을 보았다. 물에 씻기운 연지의 자리가 이지러진 얼굴에 불그스레하게 퍼져 있다. 흡뜬 흰눈이 원망하는 듯이 학수를 보았다.

"금옥이……."

얼굴이 돌같이 차다.

"왜 이리 빨리 갔소."

가슴이 터질 듯이 더워지며 눈물이 솟았다.

"학수, 어쩌자고 이럭해 놓았소."

금옥이의 어머니가 원망하는 듯이 학수를 보며 들고 있던 한 장의 사진을 주었다.

"학수의 사진을 품고 죽을 줄이야 꿈에나 생각했겠소."

받아 보니 언제인가 박아 준 그의 사진이었다. 학수 대신에 영혼 없는 사진을 품고 간 것이다.

겉장을 벗기니 물에 젖어 피어난 글씨가 흐릿하게 읽혔다.

학수, 나는 가오.
태산같이 막힌 골짜기에서 나는 제일 쉬운 이 길을 취하였소.
당신에게만 정을 바친 채 맑은 몸으로 나는 가오.

혼자 간다고 결코 당신을 원망하지 않으리다.
공부 잘해서 가난한 집안을 구하시오.

"결국 내가 못난 탓이지…… 그러나 이렇게 쉽게 갈 줄이야 몰랐소."

학수는 시체를 무릎 위에 얹고 차디찬 얼굴을 어루만졌다.

"금옥아, 학수 왔다. 금옥아, 눈을 떠라."

어머니는 마주 앉아서 찬 수족을 만지면서 몸을 전후로 요동하며 울었다.

"학수, 생사람을 잡았으니 어쩐잔 밀이오. 그러면 그렇다고 혼인 전에 진작 말이나 해 주었더면 좋지 않았겠소? 금옥이가 갔으니 어떻게 하면 좋소."

통곡하는 소리가 학수의 뼛속을 살근살근[10] 갈아 내는 듯하였다.

"집으로 데리고 갑시다."

학수는 눈물을 수습하고 일어났다.

"금옥아, 이 꼴을 하고 집으로 다시 들어오려고 나갔더냐?"

금옥이의 아버지가 시체를 일으켰다.

"내가 업지요."

들것에 메우기가 너무도 가엾어서 학수는 시체를 등에 업었다.

돌같이 무거웠다. 중량밖에는 아무 감각이 없는 무감동한 육체였다. 똑똑 떨어지는 물이 모래 위와 길 위에 줄을 그었다.

조그만 행렬이 길 위에 뻗쳤다.

어두워 가는 벌판에 통곡 소리가 처량히 울렸다.

짧은 그의 생애가 너무도 기구하여서 학수는 금옥이의 옆을 떠나지 않고 그를 지켰다.

피어오르는 향불의 향기 — 일전에 능금밭에서 마지막으로 만났을 때 맡은 달밤의 향기와 너무도 뼈저린 대조였다.

촛불에 녹은 초가 눈물과 같이 흘러 내렸다.

……(원문 6회 치 누락)……

금옥이의 장삿날이 왔다.

진한 안개가 잔뜩 끼어 외로이 가는 어린 혼과도 같이 슬픈 날이었다.

너무도 짧은 장사의 행렬이었다. 빨리 간 그의 청춘과도 같이 너무도 짧은 시집에서는 배반하고 나간 그의 혼을 끝까지 돌보지 아니하였고 장례는 전부 친가에서 서둘러 하였다.

상여 뒤에는 바로 학수가 서고 그 뒤에 집안사람들이 따라 섰다.

짧은 행렬이 건듯하면 안개 속에 사라지려 하였다. 외로운 영혼을 남몰래 고이 장사 지내 버리려는 듯이.

앞에서 울리는 요령 소리조차 안개 속에 마디마디 사라져 버렸다.

학수의 속눈썹에도 안개가 진하게 맺혀 눈물과 함께 흘러내렸다.

어린 초목의 잎이 요령 소리에 떨리는 듯이 안개 속에서 가늘게 흔들렸다.

산모롱이를 돌아 행렬은 산골짜기로 들어갔다.

묘지까지 이르렀을 때에 상여는 슬픔과 안개에 푹 젖었다.

주검을 묻는 것이 첫 경험인 학수에게는 그것이 너무도 끔찍한 짓같이 생각되어 뼈를 긁어내는 듯도 한 느낌이었다.

젖은 흙 속에 살이 묻어지는 것이다. 사람의 의식(儀式)으로 이보다 더 참혹한 것이 있는가. 퍼붓는 눈물이 흙을 적시었다.

'너도 같이 가거라.'

학수는 지니고 왔던 하이네 시집을 — 해변에서 금옥이를 생각하며 읽던 그 시집을 금옥이의 관 위에 같이 던졌다. 금옥이를 보내는 마지막 선물로 그의 관 위에 뿌려 줄 꽃 대신으로 생전에 같이 읽던 노래를 던져 주었다. 그것은 동시에 그의 슬픈 과거를 영영 장사 지내 버리는 셈도 되었다. 그는 장사 지내는 하이네 시집 속에서 '백두산 꼭대기에서 제일 큰 참나무 한 대 뽑아'의 위대한 열정을 얻은 것과 같이 금옥이의 죽음에서도 슬픔만이 온 것이 아니라 말할 수 없는 일종의 힘이 솟아 나왔다.

'그대의 혼을 지키면서 나는 나의 힘이 진할 때까지 일하고 싸워 보겠다.'

시집과 관이 흙 속에 완전히 사라졌을 때에 학수는 그 위에 다시 흙을 뿌리며 피의 눈물과 말의 슬픔으로 그 조그만 묘를 다졌다.

어느덧 황혼이 짙어 안개가 더 깊었다.

'나도 떠나겠다.'

어느 때까지 울어도 슬픔은 새로워질 뿐이지 한이 없었다.

학수는 시에서 얻은 열정과 죽음에서 얻은 힘을 가지고 묘 앞을 떠났다.

그러나 뒷걸음질하여 마을길로 돌아서지 아니하고 고개를 향하여 앞으로 앞으로 걸음을 떼어놓았다.

"어디로 가오?"

금옥이네 식구들이 물었다.

"고개 너머 먼 곳으로 가겠소."

"먼 곳이라니."

"이곳에서 무엇을 바라고 살겠소?"

대답하고 학수는 속으로 혼자 중얼거렸다.

"용걸이가 걸은 길을 밟도록 먼 곳에 가서 길을 닦겠소이다."

그들과 작별하고 학수는 고개로 향하였다.

고개 너머 정거장에서 기차를 타고 어디로든지 향할 작정이었다.

'어디로? 너무도 막연하다. — 그러나 항상 막연한 데서 일은 열리고 시작되는 것이 아닌가. 막연한 모험과 비약 — 이것이 없이 큰일을 할 수 있는가.'

고개 위에 올라서니 거리가 내려다보이고 그 속에 정거장이 짐작되었다.

'아버지는? 집안사람은?'

고향을 이별하는 마지막 순간에 그에게는 여러 가지의 생각이 한꺼번에 솟아올랐다.

'내가 학교를 충실히 다닌다고 아버지와 집안을 근본적으로 건질 수 있을까? 차라리 이제 가서 장래의 큰 길을 닦는 것만 같지 못하다.'

중얼거리며 주먹을 지그시 쥐었다.

'아버지여, 금옥이여, 문우들이여, 고향이여…… 다 잘 있으오. 더 장한 얼굴로 다시 만날 날이 있으오리.'

눈물을 뿌리고 학수는 고향을 등졌다. 한 걸음 두 걸음 고개를 걸어 내려가는 그의 마음속에서는 결심이 한층 더 새로워질 뿐이었다.

작품 해설 및
이효석 연보

● 작품별 각주 해설
● 작품 해설
● 이효석 연보

작품별 각주 해설

메밀꽃 필 무렵

1) **애시당초** 애당초(처음부터, 시작부터)의 잘못된 표현.
2) **전** 물건을 벌여놓고 파는 가게.
3) **궁싯거리다** 어찌할 바를 몰라 머뭇거리다.
4) **츱츱스럽다** 보기에 너절하고 염치없다.
5) **얼금뱅이** 천연두를 앓은 후유증으로 얼굴이 얼금얼금 얽은 사람을 낮잡아 이르는 말.
6) **드팀전** 예전에 각종 피륙을 팔던 가게.
7) **사다** 가진 것을 팔아 돈으로 바꾸다.
8) **필** 일정한 길이로 말아 놓은 피륙을 세는 단위.
9) **바리** 소나 말 따위의 등에 잔뜩 실은 짐.
10) **거진** '거의, 거의 다'의 경상도 사투리.
11) **약빠르다** 약아서 눈치나 행동 따위가 재빠르다(약삭빠르다).
12) **화중지병** 그림의 떡(畵中之餠).
13) **연소패** 나이 어린 무리.
14) **짜장** 과연. 정말로.
15) **난질꾼** 술과 여자에 빠져 방탕하게 놀기를 잘하는 사람을 낮잡아 이르는 말.
16) **결김에** 화가 난 나머지.
17) **서름서름하다** 사이가 매우 서먹서먹하다.
18) **바** 삼이나 칡 따위로 세 가닥을 지어 굵다랗게 드린 줄(참바).
19) **각다귀** 남의 것을 뜯어먹고 사는 사람을 비유적으로 이르는 말.
20) **가스러지다** 잔털 따위가 거칠게 일어나다.

21) **개진개진** 눈에 끈끈한 물기가 있는 모양.

22) **앵돌아지다** 노여워서 토라지다.

23) **백중** 음력 칠월 보름.

24) **염** 무엇을 해보려는 생각이나 마음.

25) **장도막** 한 장날로부터 다음 장날 사이의 동안을 세는 단위.

26) **상수** 자연으로 정해진 운명.

27) **항용** 흔히, 늘.

28) **실심하다** 근심 걱정으로 맥이 빠지고 마음이 심란하여지다.

29) **둔덕** '언덕'의 강원도 사투리.

30) **대근하다** 견디기가 어지간히 힘들고 만만하지 않다.

31) **고의** 남자의 여름 홑바지.

32) **고주** 술에 몹시 취하여 정신을 가누지 못하는 상태. 또는 그런
사람. 고주망태.

33) **해깝다** '가볍다'의 경상도 방언.

34) **아둑시니** 눈이 어두워서 사물을 제대로 분간하지 못하는 사람.

산

1) **깨금나무** 개암나무(자작나뭇과의 낙엽 활엽 관목)의 전라도 사투
리.

2) **옹졸봉졸** 올망졸망(작고 또렷한 것들이 고르지 않게 많이 벌여
있는 모양)의 잘못된 표현.

3) **인총** 인구. 한곳에 많이 모인 사람의 무리.

4) **바수다** 여러 조각이 나게 잘게 깨뜨리다.

5) **얼리다** 어울리다의 준말.

6) **바심하다** 타작하다

7) **총중** 한 떼의 가운데.

8) **자웅** 암수 한 쌍.

9) **개꿀** 벌통에서 떠낸 벌집에 들어 있는 상태의 꿀.

작품별 각주 해설

10) **잇속** 이익이 되는 실속.

11) **개 보름 쇠듯 한다** 대보름날 개에게 음식을 주면 여름에 파리가 많이 꼬인다고 하여 개를 굶긴다는 뜻. 남들은 다 잘 먹는 명절 같은 날에 제대로 먹지도 못하고 지냄을 비유하는 말.

12) **졸색** 아주 못생긴 용모. 아주 못 생긴 여자.

13) **등글개** 등글개첩. 등의 가려운 곳을 긁어 주는 첩이라는 뜻으로, 늙은이가 데리고 사는 젊은 첩을 이르는 말.

14) **산협** 산속의 골짜기. 두메 산골.

15) **아그배** 아그배나무의 열매. 모양은 배와 비슷하나 아주 작고 맛이 시고 떫다.

16) **산사** 산사나무의 열매. 둥글고 작은 사과 모양이며 붉은색 열매. 산사자.

17) **개** 꿀벌이 그 유충을 기르거나 꽃꿀, 꽃가루 따위를 저장하기 위하여 만든 벌집.

18) **민출하다** 모양새가 밋밋하고 훤칠하다.

19) **해어** 바다에서 사는 물고기.

20) **지지부레하다** 보잘것없이 변변하지 아니하다.

21) **등걸불** 타다가 남은 불.

22) **오랍뜰** '오래뜰'의 강원도 방언. 대문이나 중문 안에 있는 뜰.

들

1) **라무네** 레모네이드(일본에서 널리 사랑받고 있는 청량음료)의 일본식 표기.

2) **겯다** 대, 갈대, 싸리 따위로 씨와 날이 서로 어긋나게 엮어 짜다.

3) **고원** 관청에서 사무를 돕기 위하여 두는 임시 직원.

4) **거개** 거의 대부분.

5) **해내다** 상대편을 여지없이 이겨내다.

6) **민출하다** 모양새가 밋밋하고 훤칠하다.

7) **시룽시룽** 경솔하고 방정맞게 까불며 자꾸 지껄이는 모양.

8) **시스럽다** '스스럽다(서로 사귀는 정분이 두텁지 않아 조심스럽다)'의 잘못.

9) **야취** 자연의 아름다움에서 느끼는 정취.

10) **시적시적** 힘들이지 않고 느릿느릿 행동하거나 말하는 모양.

11) **다리목** 다리로 들어서는 어귀.

12) **천렵** 냇물에서 고기잡이하는 일.

13) **가댁질** 아이들이 서로 잡으려고 쫓고, 이리저리 피해 달아나며 뛰노는 장난.

14) **기이다** 어떤 일을 숨기고 바른대로 말하지 않다.

15) **걱실걱실** 성질이 너그러워 말과 행동을 시원스럽게 하는 모양.

돝

1) **종묘장** 식물의 씨앗이나 모종, 묘목 따위를 심어서 기르는 곳.

2) **씨돝** 종돈(種豚). 돝은 돼지의 고어이며, 지금은 일반적으로 돼지라고 한다.

3) **게걸덕거리다** '게걸거리다'의 잘못된 표현. 상스러운 말로 소리를 지르며 불평스럽게 자꾸 떠들다.

4) **무지러지다** 중간이 끊어져서 두 동강이 나다.

5) **쟁그럽다** 하는 행동이 괴상하여 얄밉다.

6) **달포** 한 달이 조금 넘는 기간

7) **암돝** 암돼지의 옛말.

8) **새려** 새로에('고사하고', '그만두고', '커녕'의 뜻을 나타내는 보조사')의 잘못.

작품별 각주 해설

9) **자웅** 암수 한 쌍.
10) **종시** 끝내.
11) **추근하다** 물기가 조금 있어 축축하다.
12) **후미키리** '건널목'의 일본어.

수탉

1) **새로에** 고사하고, 그만두고, 커녕.
2) **좇기다** 쫓기다의 옛말.
3) **율칙** 규율과 규칙을 아울러 이르는 말.
4) **맥없다** 기운이 없다.
5) **확적히** 적확히(정확하게 맞아 조금도 틀리지 않게).
6) **허전허전** 무엇을 잃거나 의지할 곳이 없어진 것 같이 몹시 서운한 느낌.
7) **어슬어슬** 어슬렁어슬렁.
8) **공칙하다** 일이 공교롭게 잘못되다.

약령기

1) **민출하다** 모양새가 밋밋하고 훤칠하다.
2) **우줄우줄하다** 몸집이 큰 사람이나 짐승이 가볍게 율동적으로 움직이다.
3) **울레줄레** 사람들이 앞서거나 뒤서거나 늘어선 모양.
4) **부란기** 달걀이나 물고기의 알을 인공적으로 까는 기구. 암탉 대신 적당한 온도를 맞추어 병아리가 나오게 한다.

5) **무질러뜨리다** 무지러지게 하다.

6) **설유** 말로 타이름.

7) **골육** 부자, 형제 등의 육친(肉親).

8) **더끔더끔** 어떤 것에 조금씩 자꾸 더하는 모양.

9) **물녘** 물가. 바다, 강, 못 따위와 같이 물이 있는 곳의 가장자리.

10) **살근살근** 물체가 서로 맞닿아 매우 가볍게 스치며 자꾸 비벼지는 모양.

메밀꽃 필 무렵

〈메밀꽃 필 무렵〉은 이효석의 작품 중 가장 시적이고, 서정성이 뛰어나다고 평가를 받고 있다. 이는 어느 작품보다도 소설적 구조를 잘 갖추고 있기 때문이다. 작품 속에 등장하는 인물의 설정이나 성격의 특성에 있어서, 그리고 치밀한 플롯 등이 다른 작품과는 비교가 안 될 정도로 튼튼한 골격을 갖추고 있다.

이 작품에서 허 생원과 당나귀는 서로 닮아 있다. 좀 더 정확하게 말하면 닮은꼴인 당나귀를 통해 허 생원의 내면을 외부의 사건으로 끌어낸다고 할 수 있다. 이러한 은유관계는 허 생원의 성과 당나귀의 성이 새로운 의미로 해석되어 동일한 의미로 받아들여진다. 그러므로 왼손잡이라는 소설적인 복선 장치를 기다릴 것도 없이 '당나귀 — 피마 — 새끼'의 관계 그대로 '허 생원 — 성씨 처녀 — 동이'의 관계로 연결된다. 여기에서 우리는 인간의 성을 동물의 성과 동일시하려는 작가 이효석의 의식을 확인할 수 있게 된다.

이러한 은유관계는 너무 숨김없이 드러내 놓고 있어서 설명이 거의 불필요할 정도이다. 먼저 허 생원과 당나귀는 그 생김새부터 서로 닮았다. '가스러진 목 뒤 털'이나 '눈곱 낀 눈'까지 닮은 허 생원과 당나귀는 그 애정 행로마저 비슷하다. 암나귀를 보고 발정하여 발광하는 당나귀의 모습은 그대로 허 생원이 충줏집을 연모한 나머지 충줏집과 농탕치는 동이를 적대시하고 화를 발끈 내는 것과 일치하고 있다. 그뿐이 아니다. 당나귀와 읍내 강릉집 피마 사이에 귀여운 새끼가 생겼다. 그 귀여운 나귀 새끼를 보려고 허 생원은 일부러 읍내에 들리는 때도 있었다. 단 한 번의 관계로 새끼를 얻은 당나귀의 처지는 그대로 허 생원의 처지와 같다. 허 생원도 20여 년 전 단 한 번의 로맨스가 있었다. 처음이자 마지막인 그 일을 생각할 때 그는 비로소 산 보람을 느꼈다. 물방앗간에서 만난 성씨 처녀와 무섭고도 기막힌 밤을 보냈다는 것이 그 로맨스의 전부였다.

이 같은 관계의 설정은 이어지는 불운한 인생 여정, 즉 성씨 처녀의 줄행랑과 허 생원의 방랑 생활에 비추어 볼 때 가치 실현의 좌절임에 틀림없고, 이러한 관점에서는 이 작품의 구조는 하강구조 안에 놓여 있다고 할 수 있다. 그러나 그것은 20여 년 전의 일이다. 이 작품은 20여 년 전에 있었던 허 생원의 로맨스가 어떻게 해서 비련으로 끝났는가를 보여주려는 데 목적이 있지는 않다. 그것은 허 생원의 추억 속에 자리 잡고 있는 단순한 로맨스에 지나지 않으며, 허 생원 자신도 비련 자체에 대해서 미련을 갖고 있지는 않다. 성씨 처녀를 찾기 위해 노력했다거나 성씨 처녀를 잊지 못해 한평생 홀아비로 늙은 것도 아니라는 사실이 이것을 뒷받침해 주고 있다. 그는 단순히 달콤한 로맨스를 즐기면서 일생을 살아온 것이다.

싫증이 난 조 선달의 처지는 아랑곳하지 않고 귀에 못이 박히도록 들어온 성씨 처녀와의 로맨스 이야기를 되풀이하는 허 생원의 모습에서 우리는 비련의 주인공이 아닌 옛날의 추억을 즐기는 유쾌한 한 중늙은이와 만나게 된다. 비록 미련은 버리지 못해 봉평장을 빼놓지 않고 찾지만 그것은 그만한 나이에 있을 법한 추억담이고, 이미 20여 년이 흐른 마당에 성씨 처녀와의 로맨스가 새삼스럽게 문제될 형편도 아닌 것이다.

그렇다면 이야기의 구조는 다른 각도에서 검토해야 한다. 그것은 곧 주제와 연관되는 문제이기도 하지만 이야기 구조 자체만으로는 핏줄의 확인에 있다고 말할 수밖에 없다. 물론 허 생원은 단 한 번 정을 통한 처녀의 몸에서 한 생명이 태어나 자기도 모르는 사이에 장성하였으리라곤 꿈에도 생각하지 못한 일이었다. 허 생원은 로맨스를 즐기는 것으로 만족했고 단지 늘그막의 노인에게 있을 법한 핏줄에 대한 아쉬움이 나귀 새끼를 귀여워하는 행동으로 잠깐 비치고 있는 정도이다. 그러나 이 작품의 절정은 동이가 자신의 핏줄임을 확인하는 마지막 장면이고 이러한 관점에서 보면 마지막 장면이야말로 주제와 가장 밀접한 핵심이랄 수 있을 것이다.

그렇게 볼 때 이 작품에서 발단이 되는 중요한 사건은 성씨 처녀와 정을 통한 일이 된다. 그러나 그 관계는 결코 전통

적인 의미에서의 사랑은 아니다. 마치 당나귀와 피마처럼 허생원과 성씨 처녀는 사랑이라는 감정의 교류 없이 결합했기 때문이다. 인간으로서 당연히 필요한 감정의 교류보다는 동물적인 결합만을 담담히 그려 놓은 데서 이 작품의 복선 효과가 극대화 된다.

그리고 20여 년이 흐른 어느 날 동이라는 한 청년이 그의 앞에 나타나고 그가 자신의 핏줄임을 확인하는 마지막 장면은 이야기의 절정을 이룬다. 핏줄에 대한 사랑은 인간이나 동물이나 다를 바가 없다. 당나귀와 나귀 새끼의 관계가 그대로 허 생원과 동이의 관계로 옮겨지는 장면에서 나귀 새끼가 귀여워 그것을 보러 읍내 강릉집을 돌기도 하는 허 생원의 바람은 현실로 구체화된다. 다시 말해서 성의 동물적 가치 실현이 되는 것이다. 여기서 이 작품의 상승적 국면은 여실히 드러난다.

따라서 이 작품은 대자연을 배경으로, 한 인간의 원초적 충동 또는 생명 의식에 대한 이야기를 통해 인간 역시 동물과 다르지 않은 자연의 일부임을 말하고 있다. 이효석이 말하고자 하는 '원초적 순수로서의 자연'에 대한 의식이 반영되어 있다고 하겠다.

산

〈산〉은 이효석의 작품 중 서정적이면서도 자연 친화적인 작가의 인식이 잘 나타난 작품으로 평가되고 있다. 반면 일부 평론가들은 이 작품이 현실을 외면한 채 비현실적인 이상향만을 꿈꾸는 도피로서의 나약함을 드러내는 작품이라는 말을 하기도 한다. 그러나 이 작품이 발표된 1936년의 상황이 우리의 주권을 상실한 일제 강점기라는 점과 작가 이효석이 〈산〉을 통해 무엇을 말하고자 했는지를 잘 살펴보면 부정적인 것으로만 평가하기에는 다소 무리가 따른다.

현대사회는 더 잘 살아보자는 명분으로 점점 속도 경쟁에 내몰리고 있다. 점점 더 복잡해지면서 인간성 파괴와 상호 갈등, 상호 대립의 골이 깊어져 가는 모순 속에서 최근 '치유(治癒)'라는 말이 화두(話頭)로 떠오르고 있다.

'산'이 의미하는 상징성과 '치유'라는 단어의 뜻을 염두에 두면서 이 작품을 살펴보자.

주인공 '중실'은 자신의 첩을 범했다는 김 영감의 억지 주장에 그 동안의 사경조차 제대로 받지 못하고 머슴살이에서 억울하게 쫓겨난다. 그런 중실이 찾아든 곳이 바로 '산속'이다. 산은 아무 데도 갈 곳 없는 중실이 빈 지게만 지고 들어선 유일한 안식처이다. 수많은 나무들이 아무런 걱정 없이 잘 자라고 있는 산속의 풍경은 하나의 '웅성한 아름다운 세상'으로 인식된다. 따라서 산속의 아침나절에 '은근한 숨결'을 느끼고, 사시나무 잎새의 흔들림이 만들어내는 소리도 생명력 넘치는 '숨소리'가 되어 전해진다. 또한 흰색의 자작나무가 불러오는 이미지도 한껏 치장한 '사람의 살결'에 비유된다. 즉 문명의 상징인 세상으로부터, 인간으로부터 버림받은 중실에게 자연의 공간은 함께 호흡하고 함께 부대끼며 살아갈 수 있는 유일한 대상으로 인식되어 그를 품어주게 되는 것이다.

물론 중실의 '산'으로의 귀환은 '자연에 대한 동경'이나 '자연에 대한 순수한 귀의'와는 거리가 먼, 어쩔 수 없는 타의적인 선택이라는 점에서 보면 부정적인 면도 있을 수 있다. 그리고 중실에게 자연(산)이 아무것(양식과 이부자리)도 해주지 않았다면, 그래도 중실이 산속의 생활을 만족했을지 의문이라는 점에서 중실의 산으로의 귀환을 '자연합일'로만 받아들이기에는 반론이 생길 수도 있다. 그러나 김 영감의 집에서 쫓겨난 이후 막막함을 느끼던 중실은 '제일 친한 곳이 늘 나무하러 가던 산이었다. 짚북더기보다도 부드러운 두툼한 나뭇잎의 맛이 생각났다. 그 넓은 세상은 사람을 배반할 것 같지는 않았다.'면서 서슴없이 산속으로 발길을 옮긴 선택은 타의에 의해서라기보다는 자의적 선택이라고 보아야 할 것이다. 함께 부대끼며 살아가던 인간으로부터 당한 배신감을 치유할 수 있는 유일한 공간이 중실에게는 '산'이 었다는 점이다.

중실은 산속의 생활에 필요한 몇몇 긴요한 물건들을 구하기 위해 시장에 내려온다. 그리고 그것들을 사 들고 시장 거리를 지나다가 술집 골방의 왁자지껄함과 그런 거리의 살림살이에 잠시 눈길을 멈춘다. 그러나 '이상스러운 것은 그런 거리의 살림살이가 도무지 마음을 당기지 않는 것이다.' 자신의 마음에 자리 잡은 공간은 문명의 세계가 아니라 산속임을 이내 자각하게 된다. 이미 자연은 생존에 필요한 모든 것을 그에게 제공해 주고 있기 때문이다. 자연에서 채취한 열매와 꿀, 산불이 제공해 준 노루고기, 낟가리같이 두두룩하게 쌓인 낙엽이 제공해 준 잠자리 등은 중실에게 그 자체로 커다란 만족감을 주고 있다. 즉 중실에게 자연은 지배의 대상이 아니라 공존의 대상이다. 그러한 자연에 순응함으로써 상호관계를 형성하고 있다. 때문에 지금껏 자신을 머슴으로 부리며 지배와 착취를 일삼던 문명의 삶에 대한 동경은 더 이상 존재하지 않으며, '평생 산에서 살도록 태어났는지도 모른다'는 생각이 들 정도로 자연과의 친밀감을 느끼게 되는 것이다.

다시 말해서 자연이라는 공간이 상징하고 있는 '건강함, 치유, 회복'에 대한 작가 이효석의 현실인식이 반영된 것이라고 할 수 있다. 이효석에게 자연은 인간에 의해 지배되거나 훼손당하는 대상이 아닌 인간을 감싸주는 모성적 존재로, 그리고 문명사회의 모순성을 조화롭게 회복시켜주는 '이상향'의 공간으로 상징되어 있는 것이다.

다만 '한 가지 욕심이 솟아올랐다.'에서 나타나는 마지막 하나의 결핍이 있다. 그것은 성에 대한 욕망이다. 그는 이웃집 색시인 용녀를 떠올리게 되고 그녀와의 산속 생활에 대한 생각만으로도 흐뭇한 만족감에 잠기게 된다. '용녀가 말을 안 들으면 밤중에 내려가 가만히 업어 올' 것이라는 구체적인 궁리까지 하게 된다.

그러나 중실의 이런 성에 대한 관심은 단순한 퇴폐적 욕망이 아니다. 그것은 앞서 '다만 한 가지 그리운 것이 있었다. 짠맛 ― 소금이었다.'에서 복선으로 나타나듯이 자연의 일부인 한 생명의 존재로서 '건강한 생명의 유지'를 위한 가장 원초적이면서도 필수불가결의 요소인 '자연'스러운 것이기 때문이다.

들

작가 이효석의 자연 친화적 관점은 〈산〉에 이어 같은 해 발표된 〈들〉에서도 이어지고 있다. 때문에 두 작품은 자주 비교된다. 두 작품 속에 나타나는 공통점과 차이점이 무엇인지에 대해 생각하면서 주의 깊게 살펴보자.

주인공 '학보'는 학생운동 때문에 학교를 퇴학당하고 도회에서 쫓겨 내려온 후 줄곧 들 가운데서 마음의 안식을 찾고 있다. 이 작품의 발표 시기가 일제의 군국주의 지배가 극에 달하던 시기였음을 감안할 때, '학보'와 친구 '문수'가 처해 있는 고통은 현실세계가 가져다 준 아픔이며 시련이다. 그런데 이들 역시 〈산〉에서의 '중실'과 마찬가지로 자연에서 안식처를 찾고 생명력을 회복하고 있다.

봄이 무르익은 '들'의 풍경은 '초록의 바다'처럼 생명력으로 넘친다. 그리고 '옷 입고 치장한 여인'처럼 매혹적이며, '창조의 보금자리'로 모든 것을 잉태하고 있는 공간이다. 시대가 가져온 억압의 현실에서 들의 공간은 '아무리 자유로운 말을 외쳐도 거기에서만은 중지를 당하는 법이 없'는 '속 풀리는 시원한 곳'이다.

또한 '풋나물을 뜯어먹으면 몸이 초록색으로 물들 것 같다. 물들어야 될 것 같다. 물들어야 옳을 것 같다. 물들지 않

음이 거짓말이다. 물들지 않으면 안 될 것 같다.'에서 나타나
듯이 순수한 생명력을 지닌 자연처럼 모든 것이 하나로 화합
하는 세상이 되기를 바라는 작가의 열망이 분명하게 드러나
고 있다.

이러한 자연과의 동화(同化)는 한걸음 더 나아가 성적 욕
망까지도 원초적이고 자연스러운 것으로 확대된다. 들판에
서 벌어지는 개의 교미 행위는 부끄러움과 거리낌 없이 벌어
지는 '마음의 자유'로 인식된다. 오히려 그것을 바라보는 인
간이 부끄러움과 겸연쩍음을 느낄 뿐인데, 이때 인간이 느끼
는 심리적 부담은 자연의 원초적 순수를 잃어버린 데서 오는
것이다. 따라서 그것에 대해 전혀 '성내서는 비웃어서는' 안
되는 것이다.

때문에 '나'와 '옥분'의 딸기밭에서의 두 번째 만남, '가까
이 가서 시룽시룽 말을 건 것도 그리 어색하지 않고 자연스
러웠다.'는 것은 자연에 보다 가까이 다가서게 된 당연한 결
과였고 자연스럽게 두 사람의 성적 결합으로 이어진다.

과수원 철망 너머로 보이는 양딸기는 탐스러워 보이기는
하지만 자연의 것이 아니다. 철망은 감시와 처벌의 경계이고
자유가 구속된 공간이다. 이는 문명과 현실세계를 상징한다.
따라서 옥분과의 성적 결합은 세속적으로는 허용되는 관계
가 아니다. 세속과 자연의 경계에서 '나'는 한편으로 부끄러
워하며, 다른 한편으로는 욕망한다. 그런데 여기서 옥분을

탐하는 성적 충동은 '들 사람의 일종의 성격'이라는 너무나 자연스러운 행위이자 심리로 받아들여진다. 상처 받은 영혼이 들어가 그 상처가 치유될 수 있는 공간이 바로 '들'이라는 자연이다. 치유된 영혼은 다시 일어날 수 있도록 생명의 힘을 얻게 된다. 따라서 여기에서의 성이란 결코 퇴폐적인 의미가 아닌 것이다.

그럼에도 불구하고 '나'는 곧 부끄러움, 책임감 등의 갈등에 휩싸인다. 이는 주인공 '학보'가 〈산〉에서의 중실처럼 문명과 완전히 단절된 자연 속에서의 삶만으로도 충분히 만족을 느끼는 것과는 차이가 있는 부분이다.

'동무들과 골방에서 만나고 눈을 기어 거리를 돌아치다 붙들리고 뛰다 잡히고 쫓기고 ─ 하였을 때의 열정이나 지금에 들을 사랑하는 열정이나 일반이다. 지금의 이 기쁨은 그때의 그 기쁨과도 흡사한 것이다.'라는 대목에서 알 수 있듯이 '학보'는 학생운동 당시의 열정과 자연에 대한 열망을 대등한 것으로 받아들이고 있다. 지금의 자연 속에서의 시간은 자연에로의 정착을 위한 것이 아니라 현실 문명세계로의 복귀를 위한 치유와 회복 그리고 충전의 시간임을 암시하는 것이다.

따라서 '나'의 갈등은 온전한 자연인으로서의 '나'가 아니라 언젠가는 현실세계로 돌아갈 문명화된 '나'의 의식이 잠재되어 있기 때문이다. 순수하면서도 원초적인 자연에서의 삶을 동경하면서도 그 자연에 자신이 점차 빨려 들어가는 것에 대한 두려움이 동시에 나타나는 것이다.

그런 면에서 '옥분'이라는 등장인물의 의미는 '나'에게 자연인으로의 본능을 일깨워주는 존재이면서도 자연과 구별되는 현실세계의 이성적 존재로서의 '나'를 상기시켜주는 역할을 동시에 하고 있는 것이다.

그렇다면 또 다른 등장인물인 '문수'의 역할은 무엇을 의미하는가?

'문수'는 '나'를 현실세계와 연결시켜주는 '끈'의 의미를 갖는다. '나'는 지금 현재 자연에 속해 있는 상태이지만 '문수'는 아직 현실세계에 몸담고 있는 인물이다. 그런데도 '문수'와 '나'는 전혀 갈등이 없다. 두 사람의 의기투합은 '학보'가 현실세계에 대한 끈을 놓고 있지 않음을 말해 주는 것이다.

또한 '나'와 '문수'는 많은 것이 닮아 있다. 학생운동 때문에 학교에서 쫓겨난 '나'는 친구인 '문수'의 운동권 선배로서 도움을 주고 있다. 그러다가 '문수' 역시 '나'처럼 학생운동 때문에 학교에서 쫓겨나게 되고 어디론가 끌려가 소식이 끊긴다.

이후의 상황에 대해서 생각해 보자. 고난과 상처를 겪고 난 이후 '문수'는 어떠한 과정을 밟게 될 것인가?

돈

이 작품은 돼지를 키워 경제적 어려움을 해결하고 결혼 비용을 마련하려는 농촌 청년 '식이'에 대한 이야기이다. 종묘장에 가서 암퇘지에 씨를 붙이고 돌아오다가 그 암퇘지를 기차에 치여 잃은 짧고 단순한 사건이 이야기의 전부이다. 사건이 벌어지는 시간적 배경은 낮부터 해질 무렵이며 공간적 배경은 '종묘장'과 '길'이다. 특히 이 소설에서는 외부의 사건보다는 주인공 '식이'의 내면 의식을 더 중점적으로 드러내고 있다.

공간적 배경인 종묘장은 생식이 가능한 생산성과 성욕이 있는 곳이다. '식이'는 '까치둥우리 ― 토끼우리 ― 돼지우리'로 시선을 이동하면서 종묘장 주변의 전체 배경을 인식한다. 이런 과정을 통해서 '식이'의 시선에 비친 종묘장은 애지중지 길러온 암퇘지를 생산의 공간인 종묘장으로 인도하여 그곳에서 씨를 받아 집안의 가난을 해결하고, 가난한 농촌에서 뿌리를 내리고 살려는 '식이'의 내면 의식을 드러낸 공간으로 볼 수 있다. 즉 종묘장은 안정과 정착을 위해 꼭 필요한 곳이다.

종묘장에서 돼지의 교미 광경에 자극된 '식이'는 이웃집 '분이'를 떠올린다. '분이'는 '식이'가 결혼하고 싶은 여자로 현재 도시로 나가 '식이'와 연락이 끊긴 상태이다. 종묘장에서 있는 현재 '식이'의 의식 속에서 '분이'는 암퇘지와 동일시되어 나타난다. 이는 '식이'가 애지중지하여 키운 암퇘지와 '분이'를 분리해서 보지 못하는 것이다. 그리고 또한 '식이' 자신이 암퇘지와 교미하는 수퇘지의 성적 본능, 격렬한 감정에 동질성을 느꼈기 때문이다. '식이' 자신이나 '분이'에 대한 감정을 돼지에 투사하여 감정 이입되는 것이다.

좀더 자세히 살펴보자. '분이'를 향해 움직이는 '식이'의 내면을 표현하기 위해서 고통 받는 암퇘지의 모습 위에 '분이'의 모습이 영화의 한 장면처럼 겹쳐서 나타난다. 처음에는 수퇘지와 암퇘지의 교미가 잘 안 되었다. 그것은 '그 고운 살을 한 번도 허락하지 않고' 떠나버린 분이에 대한 억누를 길 없는 미련을 그대로 암시한다.

'씨돝은 미처 식이의 손이 떨어지기도 전에 '화차'와도 같이 말뚝 위를 엄습한다. 시뻘건 입이 욕심에 목메어서 풀무같이 요란히 울린다.'에서처럼 수퇘지나 '식이'의 성욕에 대한 열망은 더욱 커져 간다.

그러다가 교미가 끝난 후 '다 됐군' 하는 농부의 목소리가 귀에 들어온 후에야 비로소 '식이'는 '분이'에 대한 생각을 멈추게 된다. '식이'의 성욕은 돼지의 그것과 조금도 다를 바가 없으며, 이들의 관계는 동일한 것으로 나타난다.

또 다른 공간적 배경인 '길'은 '식이'의 '분이'에 대한 미련과 아쉬움을 극대화시키는 역할을 한다. 철로, 정거장, 한 길, 넓은 도로 등 '길'의 속성이 결합되어 떠남의 이미지가 낭만적으로 드러나고 있다. 따라서 해질 무렵의 길은 감성적인 떠남을 연상하기에 적절한 시간과 공간으로 이 소설의 주인공 '식이'를 감성적인 분위기에 젖게 한다. '식이'의 의식 속에는 이미 돼지는 사라져 버리고 없다. 이 순간 다만 '분이'를 찾아 떠나고 싶은 환상이 '식이'의 내면에 가득 차 떠오를 뿐이다.

그러다가 결국 기찻길에서 손에 잡고 있던 돼지며 석유병, 명태 등을 잃고 만다. '길'이 '분이'를 빼앗고 '돼지'마저 빼앗아 가버렸다.

이상에서 알 수 있듯이 이 작품은 단순한 이야기를 기본으로 하고 있지만 주인공 '식이'의 내면 의식은 '종묘장 ─ 길'이라는 공간을 중심으로 다양하게 나타나고 있는 것이다.

수탉

작품 해설

이 작품은 〈돈〉과 자주 비교된다. 〈돈〉과 마찬가지로 외부 사건보다는 내부 심리 묘사에 더 치중하고 있다. 즉, 현실에서 벌어지는 외부 사건보다 주인공 내면의 낭만적인 상상과 환상을 중심으로 이야기가 전개되고 있기 때문이다. 또한 〈돈〉이 인간의 성욕 본능에 집중했다면 이 작품에서는 식욕, 배설, 호기심, 관음증, 남녀 간의 연정 등의 본능으로 확대 전개되고 있다. 이 작품에 등장하는 각 요소들이 어떠한 상징성을 가지고 있는지에 주목하면서 살펴보자.

이 작품은 기본적으로 '학교 안'과 '학교 밖'이라는 공간적 배경의 대립을 기본으로 하고 있다. '학교 안'은 많은 것이 규제된 공간이고, '학교 밖'은 규제가 없는 공간이다.

'을손'은 학원 농장의 능금을 따 먹고 그것이 발각되어 정학을 당한다. '을손'은 학교에서 쫓겨난 현실을 아담과 이브가 금단의 열매를 따 먹은 것에 빗대어서 '능금을 따고 낙원을 쫓기운 것은 전설이나 능금을 따다 학원을 쫓기운 것은 현실이다.'라는 인식을 드러낸다. '능금은 금단의 과실'로 아담과 이브가 낙원에 쫓겨난 유혹의 열매이듯이 '을손'의 식욕 본능을 자극한 열매이다. 식욕 본능이란 인간의 힘으로는 어쩔 수 없는 원초적인 것이며, 제어하기 힘든 것이라는 점

작품 해설 / 수탉 **149**

을 상징적으로 드러내고 있다.

'을손'은 취조를 피하기 위해 변소에 숨어서 담배를 피우고 낙서를 한다. 변소는 '거북스럽기는 하여도 가장 마음 편한 곳'이다. '그곳에 앉았으면 마치 바닷물 속에 잠겨 있는 것과도 같이 몸이 거뿐'하다고 느낀다. 그러면서 여러 가지 상상을 한다. 상상이란 어느 누구도 막을 수 없는 얼마든지 자유롭게 펼쳐질 수 있는 것이다. 배설, 호기심, 관음증의 인간 본능이 이 장면에서 비유된다.

'을손'은 학교에서 쫓겨난 한가한 틈이라 연인인 '복녀'를 자주 만날 수 있는 처지이나 만나지 못한다. 이는 '을손' 자신의 처지가 주저되고 '복녀' 역시 이 상황을 좋아하지 않는 것 같아서이다. 그러던 어느 날 '복녀'의 집에 찾아가니 '복녀'의 어머니로부터 '기어이 알맞은 사람을 하나 구해 봤네.'라고 말을 듣게 된다. '복녀'의 어머니가 '을손'에게 '복녀'와 헤어지라는 말을 간접적으로 한 것이다. 그리고 이와 같은 현실에 대응하는 '을손'의 모습은 상당히 소극적이나 그의 내면에서 '복녀'의 뜻일까 춘향모의 짓일까 하는 생각을 한다. 이것은 결국 '을손' 자신과 '복녀'를 이 도령과 춘향으로 비유한 것이다. 남녀 간의 연정 또한 어쩔 수 없는 본능이나 이마저도 억제당하는 현실을 나타내고 있다.

학교에서 정학을 당한 후 '을손'은 월사금을 마련하기 위해 팔려고 내놓았던 닭들이 집에 남겨진 것을 보고 그 닭들이 밉고 싫었다. 특히 동네에 나가 번번이 싸움에 지고 돌아오는 수탉이 미웠다. 이는 수탉의 초라한 모습 속에 자신의 모습이 발견되기 때문이다.

수탉의 피가 흐르는 닭 벼슬, 한 쪽 다리를 전다든지 하는 모습을 현재 학교에서 쫓겨난 초라한 자신의 모습, '복녀'와의 만남이 좌절된 패배자로서의 자신의 모습과 비교하게 된다.

그리고 수탉의 이런 모습에 화가 난, 아니 자기 모습에 화가 난 '을손'은 수탉을 죽이게 되면서 자기 자신을 죽이는 간접 체험을 하게 된다. 이는 '을손' 자신이 초라한 또 다른 자신을 살해하는 경험이다.

이효석이 〈돈〉이나 〈수탉〉을 통해 말하고자 한 것은 억압당하지 않는 인간의 자유로움이다. 원초적 본능 또한 가장 자연스러운 것임을 의미한다. 이효석은 이러한 세계를 열망하였고, 그것을 참다운 인간다움이라 여긴 것이다. 그것은 자연성으로의 인간본능을 보다 순수하게 바라보려고 한 작가의 문학관 내지 예술관이라 할 수 있다.

사냥

〈사냥〉은 소설이라기보다는 오히려 '콩트'에 가까운 작품이다. 작품의 내용 또한 '사냥'에 얽힌 단순한 에피소드와 그에 따른 주인공의 생각을 간단하게 드러내고 있다.

그러나 이 작품에서는 눈여겨보아야 할 것은 이야기의 내용보다는 작가 이효석이 자연을 바라보는 관점이다. 이 작품에서 작가가 의도한 것은 자연과 인간과의 관계를 보여주는 것이다. 따라서 이런 점을 염두에 두고 좀 더 살펴보자.

'교육의 훈련'으로 '학보'와 학생들은 연중행사인 노루 사냥 몰이에 동원된다. 그러나 '학보'의 마음속에는 '미친 짓이다. 노루는 잡어 무엇 한담 — 하루를 산속에서 뛰고 노는 편이 더 즐겁지 않은가.' 하는 불만스러운 생각이 깔려 있다. 그러다가 결국 '학보'의 잘못으로 인해 노루 두 마리를 놓치게 된다.

애당초 '학보'의 마음속에는 '껑충한 귀여운 짐승'인 노루로 상징되는 자연이나 그 자연에 속해 있는 대상에 대해 친밀감을 가지고 있다. 그러나 노루를 놓치고 나서는 '문득 놓친 것이 아까웠다. 동시에 겸연쩍고 부끄러운 느낌이 났다.'라든지 '요행히 잡은 것은 있었다. — 품 안에 들어온 두 마리의 짐승을 놓친 것이 얼마나 다행인가.'라는 모순된 생각을 대비적으로 하게 된다. 이런 모습은 '죽은 짐승을 생각하고 며칠을 마음이 언짢았다. ― 입맛도 돌아섰다. 때가 유난스럽게 맛났다.'에서도 드러난다. 그리고는 '결국 고기를 먹지 말아야 옳을까'라는 질문을 자기 자신에게 던진다.

이 작품에서 작가가 말하고자 하는 것은 자연과 그 자연에 속해 있는 대상물과의 관계이다. 자연이란 모든 생명의 원천이다. 우리 인간들도 자연에 속해 있는 한 대상물일 뿐이다. 그런데 이 세상은 '인간중심주의'라는 '무도한 사상'에 의해 지배되고 있다. 오직 인간만이 생존을 위해서가 아니라 즐기기 위해 '사냥'으로 상징되는 자연 파괴적인 행위를 한다.

그렇다면 '학보'가 겪는 자기 모순적인 생각은 무엇인가.

이는 '학교'로 상징되는 사회적 관계이다. 인위적으로 만들어진 사회 속에서의 '학보'는 '포수는 쏠 때의 형편을 거듭 말하며 은근히 오늘의 수완을 자랑하는 눈치였다. ― 한 마리라도 두드려 잡았더면 얼마나 버젓하였을까'라는 생각을 하게 된다. 이것이 바로 사회가 만들어낸 '무도한 사상'인 것이다. 그러나 자연 속의 한 대상으로의 '학보'는 '반항심이 솟아오르며 ― 포수의 잔등을 총부리로 쳐서 꼬꾸라뜨리고도 싶은 충동'을 느낀다.

오직 인간만이 '자기 모순적'인 존재이다. 그래서 '학보'는 '자기 혐오감'에 빠진다. 작가 이효석은 독자들로 하여금 이 작품을 통해 '자연'과 '인간'과의 관계를 다시 한 번 생각해 보자는 메시지를 던지고 있는 것이다.

그러나 이 작품의 장르가 소설이라는 점에 비춰볼 때, 비록 주인공 '학보'의 생각을 인용하고는 있지만 '인간중심주의', '무도한 사상' 등 작가의 의식을 직설적으로 드러내는 것은 문제점으로 지적되고 있다. 독자들로 하여금 작품을 읽고 스스로 판단해 볼 여지를 주지 않고, 작가 자신의 생각을 강요하는 면이 있어 작품의 완성도에서는 다소 아쉬움이 남는다고 할 수 있다.

약령기

〈약령기〉는 1930년에 발표된 작품으로 일제 강점기인 당시의 농촌 실정이 작품의 배경으로 잘 드러나고 있다. 당시 일제의 수탈은 점점 더 극심해지고, 대부분의 농가는 자작농에서 소작농의 형태로 전락되어 겨우 생계를 꾸려 나가는 형편에 처해진다.

이 작품의 주인공인 '학수'의 집도 그런 면에서 예외는 아니다. '학수'의 집안이 가난한 것은 결코 개인의 잘못 또는 운명적인 것이 아니라 일제라는 사회적 부당함으로부터 비롯된 것이다. 이러한 배경을 염두에 두고 이 작품을 살펴보자.

이 작품에서는 두 가지 이야기가 전개된다.

첫 번째는 학교를 배경으로 한 이야기이다. 주인공 '학수'는 점심도 못 먹은 상태에서 학교에서의 과도한 농장 실습에 시달린다. 또한 가난 때문에 수업료를 제대로 내지 못한다. 그러나 집안 형편을 잘 알고 있는 '학수'로서는 아버지에게 수업료에 대한 말을 차마 할 수가 없다. 결국 정학을 당해 학교로부터 쫓겨난다.

그러다가 서울에서 학생운동을 하다가 쫓겨나 고향으로 내려온 친구 '용걸'을 만나게 된다. '용걸'은 '학수'가 지금 겪고 있는 고통의 과정을 이미 똑같이 경험했던 친구이다. 때문에 그에게서 많은 위로를 받고 동질성을 느낀다. 그러나

'용걸'은 비록 학교에서 쫓겨난 처지이지만 그의 모습에서는 자신과 같은 패배자의 모습은 찾아볼 수 없었다. 오히려 그에게서는 '파들파들한 기운과 광채'를 느낄 수 있었다. 그런 '용걸'을 통해 '학수'는 새로운 '신념'에 눈을 뜨게 된다. 자신이 겪고 있는 가난한 현실은 결코 자기 개인만의 문제가 아님을 인식한다. 이는 사회적 문제이고 나아가 전 인류적 문제임을 인식하게 된다.

이어 '학수'는 정학 중임에도 불구하고 학교에서 열리는 '학우회 총회'에 참석한다. 그곳에서 그는 그동안 확립한 자신의 '신념'을 당당하게 펼친다.

두 번째는 '금옥'과의 가슴 아픈 사랑 이야기이다. '학수'와 '금옥'은 연인 관계이다. 그런데 '금옥'은 부잣집으로 팔려가다시피 혼인을 하게 된다. '금옥'은 '학수'에게 자신을 구원해줄 것을 애타게 호소하지만 '학수'는 그런 '금옥'의 마음을 잘 알면서도 그것을 받아들이지 못한다. 결국 '금옥'은 '학수'와의 추억이 어린 바다에서 자살을 하고 만다.

위의 두 이야기는 별개의 이야기처럼 전개되지만 결국은 하나의 이야기로 매듭지어진다. '학수'는 자신이 겪는 고통의 현실은 '가난'과 '부자유'가 원인이라는 결론에 다다른다. '학수'와 주변 인물들이 처한 가난과 학교로 상징되는

'억압, 부자유, 부조리, 불평등' 등은 '학수'가 정신적으로 성장하는 데 밑바탕이 되는 '성장통', 즉 '통과 의례'의 의미를 띠게 된다. 그런 고통의 과정에서 정신적으로 성장한 '학수'는 예전의 수동적이고 소극적이던 모습이 아니다. '학수'는 결국 '큰 길'을 가기로 결심하고 길을 떠난다.

자신이 떠나면 남은 가족들의 생계가 더욱 어려워질 것이 걱정되기는 하지만 일시적인 역할만으로는 근본적인 해결책이 안 된다는 생각에 이른다. 따라서 근본적인 가난의 타계, 사회적 억압과 부자유에 대한 투쟁, 나아가 일제로부터의 해방을 위한 '큰 길'을 가게 된다.

이는 작가 이효석이 사회주의 이념에 의지하여 적극적인 사회운동에 참여하려는 의지가 반영된 것이라고 하겠다. 또한 가지 이 작품에서 주목해야 할 점은 작가 이효석의 '자연관'이다. 앞서 〈산〉이나 〈들〉에서도 잘 나타났듯이 이 작품에서도 자연과의 여러 비유를 통해 자연에 대한 경외심을 드러내고 있다. 본문 중의 몇 대목을 예로 들어보자.

① '확실히 마른 가지에 꽃이 피어 있다. 그 알 수 없는 힘의 성장을 경탄하고 있을 때'

② '인류가 태곳적부터 가진 이 낡은 달밤 — 낡았다고 빛이 변하는 법 없이 마치 훌륭한 고전(古典)과 같이 언제든지 아름다운 달밤!'

③ '학수는 두 번 세 번 거듭 여남은 번 이 시를 읽었다. 읽

을수록 알지 못할 위대한 흥이 솟아 나왔다. '아그네스'를 '금옥이'로 고쳤다가 다시 여러 가지 다른 것으로 고쳐 보았다. '동무'로 해보았다. '이 땅'을 놓아 보았다. 나중에는 '세상'으로 고쳐 보았다. 그것이 무엇이라고 꼬집어 말할 수 없는 위대한 감격이 가슴속에 그득히 복받쳐 올라왔다.'

위의 예문에서 잘 나타나듯이 이효석은 자연의 위대한 힘과 원초적 순수로서의 자연에 대한 회귀를 열망했다. 특히 하인리히 하이네의 〈사랑 고백〉이라는 연작시를 인용한 대목에서 '아그네스 ─ 금옥 ─ 동무 ─ 이 땅 ─ 세상'이라고 그 의미를 확장시킨다. '아그네스'는 기독교의 전설적인 순교자며 성녀로 '양' 혹은 '순결'을 상징하는 인물이다. 결국 순수와 순결의 상징인 '아그네스'를 '세상'으로 확장시켜 비유함으로써 식민지 조선의 해방과 원초적 순수로의 인간 해방에 대한 작가의 의식을 상징적으로 드러내고 있는 것이다.

이효석 연보
(李孝石)

- 호는 가산(可山).
- 1907년 2월 23일 강원도 평창군 봉평면 창동리 남안동 681번지에서 이시후(李始厚)와 강홍경(康洪敬)의 1남 3녀 중 장남으로 출생.
- 1914년(8세) 평창의 평창공립보통학교 입학.
- 1920년(14세) 평창공립보통학교 졸업, 경성 제일고등보통학교(현재 서울의 경기고등학교) 입학.
- 1925년(19세) 경성제일고등보통학교 우등으로 졸업, 경성제국대학 예과 입학. 《매일신보》 신춘문예에 시 〈봄〉이 선외(選外) 가작으로 뽑힌 후 《매일신보》에 단편 〈여인(旅人)〉 등 시와 단편을 발표하기 시작.
- 1926년(20세) 콩트 〈달의 파란 웃음〉 등 발표. 시 〈겨울시장〉〈야시〉 등 발표.
- 1927년(21세) 대학 예과 수료 후 법문학부 영길리문학과(현재의 영문학과) 진학. 시 〈6월의 아침〉〈님이여 어디로〉 등 발표, 단편 〈주리면… - 어떤 생활의 단편〉 발표, 번역소설 〈밀항자〉 발표.
- 1928년(22세) 《조선지광(朝鮮之光)》7월호에 단편 〈도시와 유령〉을 발표하여 문단의 주목을 받기 시작함.
- 1929년(23세) 《조선지광(朝鮮之光)》에 단편 〈기우〉를, 《신소설》《조선문예(朝鮮文藝)》에 〈행진곡〉, 《중외일보》에 시나리오 〈화륜〉 발표.
- 1930년(24세) 경성제국대학 영문학과 졸업(졸업논문 ‘The plays of J M Synge’), 《대중공론》에 단편 〈깨뜨려지는 홍등〉, 《신소설》에 〈마작철학〉, 《삼천리》에 〈약령기〉를 발표.
- 1931년(25세) 함경북도 경성 출신 이경원과 결혼. 단편 3부작 〈노령 근해〉〈프레류드〉 등 발표, 시나리오 〈출범시대〉 발표, 첫 창작집 《노령 근해》를 동지사에서 발간.
- 1932년(26세) 함경북도 경성으로 이주하여 경성농업학교에서 영어교사로 근무, 단편 〈북극 점경〉〈오리온과 능금〉을 《삼천리》에 발표.

- 1933년(27세) 김기림, 이종명, 김유영, 유치진, 조용만, 이태준, 정지용, 이무영 등과 함께 서울에 거주하던 문인들이 중심이 된 순수 문학 단체인 구인회 결성(함북에 있던 이효석은 1934년에 탈퇴), 단편 〈돈(豚)〉 발표, 미완성 장편 〈주리야〉 연재, 산문 〈단상의 가을〉 〈 "리-알" 꿈〉 등 발표.
- 1934년(28세) 단편 〈일기〉를 《삼천리》에 발표, 〈마음의 의장〉과 산문 〈 낭만 · 리얼 중간의 길〉 등 발표.
- 1935년(29세) 단편 〈계절〉 중편 〈성화〉를 《조선일보》에 발표, 산문 〈卽 實主義 의 길로 - 民族文學이냐 階級文學이냐〉 등 발표.
- 1936년 (30세) 숭실전문학교 교수 취임, 평양 창전리 48번지로 이사. 단편 〈인간산문〉 〈메밀꽃 필 무렵〉 등 발표.
- 1937년 (31세) 단편 〈낙엽기〉를 《백광》에 발표, 〈삽화〉 〈개살구〉 〈거리의 목가〉 등 발표.
- 1938년 (32세) 숭실전문학교 폐교에 따라 교수직 퇴임, 중편 〈장미 병들다〉를 《삼천리》에 발표, 〈부록〉 등 발표.
- 1939년 (33세) 차남 영주 출생, 대동공업전문학교 교수 취임, 단편 〈산정〉 〈향수〉 등 발표, 희곡 〈역사(歷史)〉 산문 〈문운융성의 변〉 등 발표, 단편집 《해바라기》 작품집 《성화》 장편 《화분》 발간.
- 1940년 (34세) 부인 이경원과 사별, 장편 《창공》을 《매일신보》에 연재, 단편 〈은은한 빛〉 〈하르빈〉 등 발표.
- 1941년 (35세) 단편 〈라오코원의 후예〉 〈엉겅퀴의 장(章)〉 등 발표, 단편집 〈이효석 단편선〉 장편 《벽공무한》 출간.
- 1942년 (36세) 결핵성 뇌막염으로 5월 25일 별세, 평창군 진부면 논골에 안장.